AF295235

Kimmo Matero

Ofrenda 4

- Kalervo Lahdenmäki Meksikossa -

- Nyl lähretääj jätkät viämää suamalaista tankoo maalimalle! julisti lähetystöneuvos ja sammui. Hoikka kämmen inkarnoitui tyhjästä hänen putoavan otsansa ja sitä odottavan pöytälevyn väliin, estäen entisestään leveän nenän osumisen mahonkiin.

Vilkaisin kysyvänä käden omistajaa. Tämän ilme ja vapaana olevan kämmenen kyllästynyt huitaisu kertoivat, ettei mitään tavatonta ollut tapahtunut. Nyökkäsin kanssamuusikoilleni, ja Uralin pihlajan toisen säkeistön alkusävelet rikkoivat hiljaisuuden. Puheensorina salissa nitkahti uudelleen liikkeelle kuin Linnanmäen vuoristorata.

Pöydän pintaan nukahtanut lähetystöneuvos onnitteli unessa itseään saunan lauteilla saamastaan ideasta, joka oli vieläpä tullut tyystin perinteisten vientitoimialojen ulkopuolelta. Lehtikuvanomaisessa näyssä itse presidentti Kekkonen ojensi hänelle kiiltävää prenikkaa tunnustuksena oivaltavasta vienninedistämistyöstä isänmaan hyväksi. Hän totesi ammattilaisen ottein uuden, kaksirivisen pukunsa näyttävän tuossa mustavalkoisessa tuokiokuvassa varsin arvokkaalta, mutta pudisteli sitten vahvassa etukenossa tulevaa ennakoivan näyn pois mielestään.

Lähetystöneuvoksen kuorsaus sulautui pian orkesterimme luomaan äänimaisemaan.

70-luvun loppupuolella Suomi oli päättänyt satsata vienninedistämiseen. Metsäteollisuus oli hankkeen luonnollinen edelläkävijä, mutta sen rinnalle kaivattiin muita viennin tukijalkoja.

Tilastokeskukseksi muuttunut Tilastollinen päätoimisto askarteli ulkoministeriölle monisatasivuisia raportteja eri toimialojen kehitysnäkymistä. Muun muassa naapurimaahan sotakorvauksina toimitettujen vaatteiden ja jalkineiden alkuun paneman "tevanake"-teollisuuden tuotantoluvut olivat paisuneet vaikuttaviksi; ala oli noussut BKT-tilastoissa kakkoseksi heti metsäteollisuuden jälkeen. Uusia asustemarkkinoita päätettiinkin lähteä metsästämään yksityisen sektorin ja valtion puoleksi rahoittaman vienninedistämisorganisaation voimin.

Ulkoasiainhallinnon konkarikaartillekin oli budjetoitu tietty määrä vienninedistämishankkeita käynnistettäväksi. Lukuisten virkamiesten kilpaillessa samojen suutarointi- ja räätälöintiyritysten huomiosta lähetystöneuvos Kuappinen oli pian saanut huomata, ettei kiintiön täyttäminen ollutkaan kovin yksinkertaista. Nuoret ja kunnianhimoiset ulkoasiainsihteerit tuntuivat aina ennättävän hänen edelleen. Kuappisen mielessä "tevanake"sta olikin muodostunut kirosana. Kenttätyössä kirmaavaa virkamiesnuorisoa hän nimitti usein "tenavakengiksi".

Toivottoman urakan ja hellepäivien piinaamien toimistopäivien vastapainoksi lähetystöneuvos Kuappinen olikin ideoinut pienimuotoisen saunaillan. Hiki virtasi leveän kravatin peittämän, leveäkauluksisen kauluspaidan alla paitsi näkyvästi myös sangen epämiellyttävästi - saunominen olisi luonteva syy pukeutua keliin sopivasti ja nauttia samalla työaikana luvan kanssa myös virvoitusjuomia.

Vientisäätiön uusien toimitilojen yhteyteen rakennettu sauna kattotasanteineen oli nopeasti valikoitunut tapahtumapaikaksi. Jos lasi olikin ollut olennainen elementti saunatilojen rakennusmiesten perjantai-illan viettorutiineissa, ei sitä ollut säästelty myöskään itse rakennusteknisessä lopputuloksessa. Näkymät Puolustusvoimain hallussa olevien saarten yli ulapalle olivat runsaat; sopivalla kelillä jopa huikaisevat.

Tila oli toki otollinen myös siitä syystä, että saunaillan kulujen maksaja järjestyi näin näppärästi.

Vienninedistämisen hengessä vauhdilla koottu saunaväki koostui niin ministeriöiden kuin teollisuudenkin edustajista. Eikä täysin sattumalta sellaisista, joiden kanssa Kuappinen muutoinkin saattoi viettää iltaa. Tutussa porukassa tunnelma rentoutuisi nopeammin, ja jos nyt mitään työhön liittyvää ei kukaan tulisikaan edistäneeksi, aika ainakin sujuisi mukavasti. Kukaan ei myöskään tulisi jälkikäteen kyselemään illan ammatillisten tulosten, saati kululaskujen perusteiden perään. Pitäisi vain huolehtia, ettei paikalle kutsuttaisi suomenruotsalaisia tai muita ulkomaalaisia. Kielten puhuminen kun tuppasi nykyään väsyttämään lähetystöneuvoksen leukoja.

Hyräillessään viime aikoina varsin merkittävää radiosoittoa saaneen iskelmän "Ei oo, ei tuu" tarttuvaa kertosäettä Kuappinen oli tuuminut, että ehkäpä jonninjoutavaa puhetta oli muutoinkin kuultu Vientisäätiön tiloissa riittävästi. Jo pelkkä ulkoasiainministerin nariseva tenorikin oli alkanut viime aikoina ärsyttää häntä. Kuappisen oli helppo kuvitella kyseisen poliitikon päätyvän jonain päivänä television viihdeohjelmien imitaattoreiden ohjelmistoihin, mikäli Yleisradion sensuuri vuosien mittaan höltyisi.

Kuappinen järkeili, että elävä musiikki täyttäisi mukavasti keskustelun aukkopaikkoja, ja saattaisihan sitä einestyksen ohella ottaa vaikka pari tanssiaskeltakin ruokahalun ylläpitämiseksi.

Koska ajatukseen soveltuvassa kutsuvierasjoukossa oli hänen aiemman kokemuksensa mukaisesti useita muitakin tanssimusiikin ystäviä, Kuappinen oli siltä seisomalta antanut sihteerilleen käskyn järjestää paikalle myös tanssimusiikkia soittava orkesteri.

- Haitari nyt ainakin tarvitaan, ja läskibasso, mitä näitä soittimia nyt onkaan. Laulajaa nyt ei välttämättä lainkaan, sellaisilla kun tuppaa tänä päivänä olemaan ihan ylenpalttinen se, mikä se nyt onkaan...?

- Itsetunto? oli lähetystön topakampaa linjaa edustava sihteeri, neiti Näpsä ehdottanut kuivasti.

- Ei, kun se...se...vibraatto! Kirjoittakaa ylös! Ei vibraattoa, nykyään niillä on aivan liikaa värinää. Eivätkö ne nuoret enää pysy nuotissa?

"Tanssiorkesteri, vain instrumentit" oli neiti Näpsä pikakirjoittanut pikkuruudulliseen muistilehtiöönsä.

Sihteerin nimi ei tietenkään oikeasti ollut neiti Näpsä, mutta Kuappinen oli mieltynyt termiin lukaistuaan sen lapsenlapsilleen lahjaksi tilaamasta Aku Ankka -lehdestä. Tiukkailmeisen toimisto-organisaattorin oikea nimi ei tahtonut millään pysyä pitkän uran lähetystömaailmassa tehneen Kuappisen mielessä; sihteereitä kun tuppasi tulemaan ja menemään.

Neiti Näpsä olikin tapansa mukaan välittömästi ottanut pikapuhelun Ääni- ja Kuvataiteilijoiden Liitto ÄKL:ään ja tiedustellut tilaisuuteen sekä sen arvovaltaiseen kutsuvierasjoukkoon soveltuvaa orkesteria. Odotellessaan puhelun yhdistymistä sihteeri oli huvittanut itseään ajatuksella, jossa liiton nimilyhenne muuttuisi kolmesta nelikirjaimiseksi; neljännen kuvastaessa paikallisjaoston toimialuetta, kuten esimerkiksi Österbotten. Jotenkin nykyinen nimilyhenne maistui neiti Näpsänkin suussa kuitenkin paremmalta.

- Valitettavasti kaikki orkesterimme ovat juuri nyt varattuja, oli puhelimesta vihdoin kuulunut. Koska automaattisia puhelinpalvelujärjestelmiä keksittäisiin vasta reilun kymmenen vuoden päästä, oli neiti Näpsä arvannut keskustelevansa aidon henkilön kanssa ja laittanut kaiken arvovaltansa peliin lähetystöneuvoksen käskyn täyttämiseksi.

- Sangen hupaisaa, neiti Mykkänen-Lahtinen. Soitan lähetystöneuvos Kuappisen vienninedistämisasialla, ja kuuntelette asiani nyt tarkasti.

- Anteeksi, minä vain...

- Isänmaan etu vaatii huomisillalle orkesterin, täräytti neiti Näpsä vastaan panemattomaan tyyliinsä.

Julkishallinnollisen byrokratian jyräämäksi joutunut ÄKL:n sihteeri oli kuin olikin lopulta löytänyt listoiltaan kokoonpanon, joka oli jäsentensä nuoresta iästä huolimatta saavuttanut jo jonkinlaista huomiota Itä-Suomen tanssilavoilla. Eikä vähiten vikkeläsormisen harmonikkasankarinsa ansiosta.

- Jollen vallan väärin muista, orkesterin haitarin soittaja voitti vastikään jonkun arvossapidetyn kilpailun juniorisarjankin. Kisan nimi taisi olla "Kurttuinen Harmonikka", ÄKL-sihteeri heitti, osoittaen rivien välistä arvostuksensa kyseistä soitinta kohtaan. Neiti Näpsä huokaisi, mutta jätti letkautuksen omaan arvoonsa. Hän tiesi kyllä kulttuuriälymystön vähemmän innostuneesta suhtautumisesta kansallissoittimeen, jollaisena lähetystöneuvos Kuappinen taas harmonikkaa piti. Sibeliuksen väitetystä tokaisustahan maine kai oli alamäkeen lähtenyt luisumaan, eikä notkon pohjaa näkynyt.

- Tuomaristo äityi kirjallisessa arviossaan vertaamaan tätä nuorta haitarisankaria jopa itse Lasse Pihlajamaahan. Tosin selkeästi Pihlajamaan hyväksi, mutta kuitenkin, oli puhelimesta vielä kuulunut.

Pian liittosihteeri oli unohtanut aiemmat arvovaltamittelöt ja syventynyt musiikkityylien ja soitinten vertailuun niin, että neiti Näpsän oli ollut täysi työ saada tämän hyvään vauhtiin päässyt antiteesi-synteesi-proteesi -tyyppinen artistianalyysi keskeytettyä.

- Seis siihen paikkaan! Nimiä tässä nyt enää kaivataan, oli neiti Näpsä napakasti jäädyttänyt tilanteen.

Turhautuneen oloinen liiton nainen sai lopulta mutistua, että nuori mies tunnettiin nimellä Kalervo Lahdenmäki, ja hänen orkesterinsa varsin loogiselta kuulostavalla nimellä Kalervo Lahdenmäen orkesteri.

- Mainiota. Käskekää heidät välittömästi Ulkoministeriön Lähetystöedustustoon Katajanokalle sopimaan huomisen iltatilaisuuden yksityiskohdista.

- Ja kuinkahan herrat muusikot pääsevät sisään palatsiinne? tiedusteli liittohenkilö neiti Näpsältä ivallisesti. Vientisäätiön hulppeat tilat eivät olleet jääneet huomaamatta myöskään keltaiselta lehdistöltä, ja toimitiloihin investoituja veromarkkoja oli äimistelty useammassakin lööpissä sekä lukijan palstalle tulleissa mielipidekirjoituksissa.

- Portieerille tämän nimenomaisesta kehotuksesta kerrottava ovikoodimme on "Jäämeren räntä". Korostakaa muusikoille, että ääntävät sen huolellisesti.

KOLME

Eläkevirkaa Ulkoministeriön lähetystöedustuston portieerina toimittava, rynnäkkökiväärillä aseistautunut mieshenkilö oli selvästikin talvisodan veteraaneja. Ovi lähetystöön avautui vasta kolmannen ääntämisyrityksen jälkeen. Rumpalimme Pena kun tekeytyi mielellään maailmaa muka enemmänkin nähneeksi populäärimuusikoksi, ja r-kirjain tapasi silloin liudentua hyvinkin ei-härmäläiseksi. Onneksi Pena älysi ryhdistäytyä, kun ovimies toisen yrittämän jälkeen napsautti aseensa varmistimen pois päältä.

- Nykynuoriso, tuhahti portinvartija ja nyökkäsi meidät astumaan sisään. Tottelimme rivakasti.

Raskaan ulko-oven sulkeuduttua takanamme meidän oli vielä selviydyttävä edessämme olevista, sisääntulijavirtaa kontrolloivista pyöröovista. Yritimme ensin kaikki neljä sulloutua lasiseinien muodostamaan neljänneslieriöön, mutta järjestelmän pyöriminen seisahtui siihen paikkaan. Pakitimme alkuasemiimme ja päättelimme, että ovet laskisivat meidät sisään yksi kerrallaan. Suunnitelma toimi, ja muutaman yrityksen ja äkkipysähdyksen jälkeen olimme viimein edustuston eteisaulassa.

Sisällä meidät vastaanotti topakan oloinen, asiallisenharmaaseen jakkupukuun sonnustautunut vanhempi naishenkilö, joka oli seurannut taisteluamme ovikompleksin kanssa ilmeenkään värähtämättä. Järjestäydyttyämme hänen eteensä riviin hän kohensi viistokulmaisia silmälasejaan, huokaisi ohuesti ja ilmoitti vastaavansa lähetystöneuvos Kuappisen vientiseminaarin iltaosuuden ohjelmasta - eli saunasta, virvokkeista ja meistä.

Olisi luullut, että tanssimusiikkia koskeva keskustelu alkaisi käsittelemällä joko tanssia tai musiikkia, mutta lähetystöpiireissä asioilla oli selvästikin toisenlainen tärkeysjärjestys.

- Valkoiset, lyhythihaiset kauluspaidat ja mustat nahkakravatit. Suorat, tummat housut. Kai teiltä sellaiset löytyy, olemmehan sentään jo 80-luvulla, lähetystösihteeri alkajaisiksi ennemminkin totesi kuin kysyi. Nyökyttelimme innokkaasti vaaditun asustearsenaalin kyllä löytyvän.

Toissijaiselta tuntunut musiikkityylin valinta päätyi todella lyhyen neuvottelun jälkeen linjaan "valssit-humpat-tangot-jenkat", jonka totesimme orkesteriltamme luontuvan. Yritin ilmeisesti ylimyydä orkesteriamme kehaisemalla hallitsevamme myös muutaman samban, koska lähetystösihteeri mulkaisi minua nopeasti katseella, josta ymmärsin vastaavien lisätietojen olevan tässä vaiheessa tarpeettomia.

- Onkohan tämä nyt ihan meidän paikka? kuiskasi basistimme Rane minulle epäilevään tyyliinsä, kun sihteeri oli hävinnyt hetkeksi työhuoneeseensa järjestämään puhelimitse virvokekorien lastausta Vientisäätiön saunatilaan. Rane omisti orkesterimme heikoimman itsetunnon, mikä mielestäni oli täysin turhaa, sillä hän sentään hyödynsi soittaessaan bassonsa kaikkia neljää kieltä; päinvastoin kuin useimmat aikamme tanssiorkesteribasistit, jotka usein tyytyivät pelkkiin E- ja A-kieliin.

- Oliko tivoliorkesteri oikea paikka Lasse Pihlajamaalle?, vastasin Ranelle muka-nokkelasti vastakysymyksellä. Rane puolestaan vastasi tähän täysin tyhjällä katseella.

- No ehkei, myönsin. - Mutta sieltä hän vain ponnisti kansainvälisesti tunnustetuksi taiteilijaksi. Vai eikö muka näin ole?

Yrittäessäni kiemurrella ulos vastakysymykseni itselleni aiheuttamasta suosta sihteeri palasi sopivasti luoksemme.

- Siis puoli yhdeksältä huomisiltana Vientisäätiön saunatiloissa, osoite on Abrahaminkatu 20. Voitte käydä ruokailemassa ennen sitä lähetystön piikkiin viereisen kadunkulman ravintolassa.

Sen sanottuaan sihteeri kääntyi ja lähti korot kopisten takaisin työpisteeseensä.

Koska audienssi oli mitä ilmeisimmin päättynyt, poistuimme lähetystöedustustosta. Pyöröovet eivät onneksi yrittäneet estää ulosmarssiamme.

Suuntasimme saman tien puitteiltaan hiukan toisen tyyliseen harjoittelupaikkaamme. Kaisaniemenkadun kellaritason autotallissa ei sinänsä ollut mitään vikaa, paikka oli ränsistynyt ja sotkuinen, mutta sopi tarkoitukseensa hyvin. Runsaan kymmenen vuoden päästähän sellainen ympäristö tuntui olevan perusedellytys äänensärkimin varustetun nuorisomusiikin uskottavalle esittämiselle.

Tällä vuosikymmenellä paikan ankeus kuitenkin omissa silmissämme korostui, saatuamme hetkeä aiemmin silmäillä seuraavan illan esiintymisen tilanneen asiakkaamme työtiloja. Tepon ja Ranen virittäessä soittimiaan siivoilimmekin Penan kanssa vahvistimien päälle kertyneitä virvoitusjuoma- ja keskiolutpulloja sekä tyhjensimme parikin kankaisen sohvan käsinojille sijoitettua tuhkakuppia roskakoriin.

- Laitapa perkolaattori porisemaan, niin tulee parempi mieli, sanoi Pena.

Otin rasvaisen lasikannun pois keittimestä ja huuhtelin edellisen kahvinkeiton jäljiltä sen pohjalle jääneet, oletettavasti kaunistavat liemet viemäriin. Emalisen vesialtaan halkeillut pintakaan ei aiemmin ollut herättänyt mitään huomiota, mutta nyt siitä tuntui tulevan jotenkin nolo olo.

- Yhteisvastuu ei ole kenenkään vastuu, siteerasi Pena jonkun luontoaktivistin banderollissa eduskuntatalon edessä näkemäänsä iskulausetta. Autotallissa harjoitteli ainakin kolme orkesteria, joista kukaan ei kokenut paikkaa erityisesti omakseen. Ilmeisesti ei myöskään paikan omistaja.

- Mutta vuokra on sentään edullinen, muistutin.

- Ja jos tämän illan keikka menee hyvin, saadaan rahan lisäksi mainetta ja todennäköisesti uusia keikkojakin. Sitten voidaan miettiä vaikka uusia treenitiloja.

- No, mietitään sitä sitten. Vedetään nyt ensin vaikka "Pieni polku". A-mollista.

- Sopii, mutta voidaanko kokeilla yhtä juttua? kysyi kitaristimme Teppo. Hänellä oli kaikesta huomaamattomuudestaan huolimatta jonkinlaisia musiikillisia intohimoja, ja hän halusi silloin tällöin sovittaa vanhoja kappaleita uusiksi. Täytyi myöntää, että niistä tuli usein ihan mehevän kuuloisia.

- No? kysyin siis vuorostani.

- Otetaan siihen d-mollin tilalle B-duuri. Luulen, että se on alun perinkin ollut siinä.

- Okei, kokeillaan. Valmiina? Yy-kaa-ja-yykaakoonee...

B-duuri tosiaan toi lauluun ihan uutta vaaran tuntua, joten päätimme käyttää jatkossa sitä myös keikkaversiossa. Teppo vaikutti tyytyväiseltä A-luokan oivallukseensa, vaikkei asiaa tietenkään sen kummemmin kommentoinut.

Lämmittelyfoxien jälkeen harjoittelimme muutaman hankalamman tangon väliosia. Sitten sovitusoivalluksestaan rohkaistunut Teppo esitti, että hoitelisimme keikan perusvarmalla tanssisetillämme. Siinä kahta humppaa tai foxtrottia seurasi aina kaksi valssia, sitten kaksi tangoa ja lopuksi joko kaksi jenkkaa, masurkkaa, sambaa tai rokkia. Sanoisi lähetystöedustuston sihteeri siihen sitten mitä sanoisi.

- Jos se sakki laitetaan jenkkaamaan parinkymmenen minuutin välein, niin ambulanssihan sinne pitää hemmetti soikoon kohta tilata.

Nyökkäilin ymmärtävästi kommentille, joka nosti mieleeni hyvin elävän muistikuvan eräänkin työväentalokeikan kokemuksesta. Halkopinon luona otettujen napsujen ja rasvaisen ruokavalion punakoiman metsuri-jenkkaajan sydän oli pettänyt kesken tanssin, ja ambulanssin tulo metsän keskellä sijainneeseen soittoruokalaan oli kestänyt niin, että paikan kanttiinista olivat höyrynakit loppuneet. Yleinen mellakka oli ollut käsin kosketeltavan lähellä.

Illan soittolista kirjautui tämän jälkeen paperille varsin nopeasti.

Osin Tepon kommentti oli toki johtunut myös hänen halustaan soittaa välillä muutakin kuin vanhaa tanssimusiikkia; hänen asuinpaikassaan Keravalla kun oli juuri alkamaisillaan jonkinlainen 50-luvun rokin uudelleen tuleminen. Eräs Tepon muusikkotuttavista, Aikka, oli huhujen mukaan jopa käynyt jo studiossakin ja hänen trionsa ensilevyn julkaisu koittaisi kohtsillään. Niinpä ei ollut ihme, että "Tiikerihain" tyyliset rautalankakappaleet kiinnostivat Teppoa jenkkoja enemmän.

- Eiköhän tämä ole tässä, ehdotin. - Neljä neljänkymmenenviiden minuutin settiä luulisi puuduttavan paatuneimmankin poliitikon pohkeet.

- Kyllä siinä rumpaliltakin pari litraa hikeä lentää, kuittasi Pena löystyttäessään virvelinsä verkkoa.

Sovimme tapaavamme treenikämpällä seuraavana iltana soittovehkeiden autoon nostelun merkeissä.

NELJÄ

Japaninharmaan kojelaudan päälle ruuvattu matkaherätyskello osoitti iltaseitsemää, kun pysäköimme pienen keikkabussimme kadun varteen Katajanokalla. "Bussi" oli ehkä hiukan yliampuva termi, kysehän oli oikeasti tee-se-itse -tyyliin muokatusta Toyota Hiace -pakettiautosta.

Pena oli ajautunut orkesterimme rumpaliksi osin ajokorttinsa ja -neuvonsa takia. Hän oli löytänyt jostakin toistakymmentä vuotta vanhan, 320 tuhatta kilometriä nielleen Hiacen ja asennellut sen tavaratiloihin pari riviä matkustajapenkkejä. Sen verran huolellista työtä Pena oli tehnyt, ettei edes Hakuninmaan sarkastinen katsastusmies ollut löytänyt rakennelmasta huomautettavaa. Pena olikin katsastustodistuksen nähtyään ristinyt lemmikkinsä Lujaksi.

Pena oli peltisestä luomuksestaan sen verran mustasukkainen, ettei yleensä antanut muiden ajaa Lujaa. Ja jos rekisteriotteeseen merkityn kuskin ilta oli jostain syystä venähtänyt pari tuopillista liian pitkäksi, ei lainakuskikaan saanut ajaa lujaa. Tällä kertaa Pena oli kuitenkin itse ratissa, ja nelihenkinen orkesteri, joka mahtui soittimineen pakettiautoon oikein mukavasti, oli jälleen aikataulun mukaisesti perillä kohteessa.

Nostelimme illan kokoonpanomme edellyttämän pienen rumpusetin sekä kitara- ja bassovahvistimet suoraan ulkokautta kattokerroksen saunatiloihin vievään hissiin.

- "Kuusi henkeä tai 420 kg", luki Pena hissin seinässä olevasta kyltistä. - Höpö höpö, suomalaiseen hissiin mahtuu aina kahdeksan ihmistä. Eikä toisaalta yhtään enempää.

- Miten niin? ihmettelin.

- No kun täällä on tasan kahdeksan nurkkaa, jota tuijottaa!

- Heko heko, ynähti Rane.

- Vitsillä sisään, hymyili Pena hissin sopivasti pysähtyessä ja ovien auetessa.

Asetimme työkalumme nopeasti paikoilleen Vientisäätiön saunatiloihin. Vaikka saunaosaston takkatila oli vaikuttavan kokoinen, olimme edellisiltana tulleet siihen tulokseen, ettei haitarini sillä kertaa tarvitsisi tuekseen edelliskesänä käytettynä ostamaamme Fenderin PA-laitteistoa. Siihen kuuluvien kapeiden, mutta korkeiden kaiutinkaappien painopiste kun sattui olemaan loppuillasta konttailevaa tanssiyleisöä korkeammalla, mikä loi herkästi riskin jonkinasteisten ruumiinvammojen tuottamiselle.

PA-laitteistosta luopuminen sopi erityisen hyvin Penalle. Hänelle vakiintunut soittopaikka haitaristin takana kun sijaitsi näissä saunatiloissa osittain jonkinlaisen suurehkon ilmastointihormin takana, ja kaiutinkaappien poissaolo antoi hänelle edes jonkinlaisen mahdollisuuden näkyä yleisölle.

Ranelle paikka hormin takana olisi sopinut oikein hyvin, basistimme kun ei illan mittaan juuri paikaltaan yleensä siirtynyt eikä näkyvyyttä havitellut. Pena sen sijaan oli etenkin rumpaliksi epätavallisen sosiaalinen, ja vaihtoi mielellään katseita, ajatuksia ja puhelinnumeroita orkesteria joskus kainosti eturiviin tiirailemaan asettuvien naisten kanssa.

- Kokeillaan nyt sentään, että Selmerin putket kestivät tuon hissin tärinät, sanoin viitaten Ranen perinteikkääseen bassovahvistimeen.

- Basistin putket tuppaa kyllä kestämään, heitti Pena patteristonsa takaa moniselitteisesti.

Hyvin kevyeksi jääneen sound-checkin jälkeen Teppo ja Rane napsauttivat vahvistimiensa virtakytkimet Stand by-asentoon, jonka jälkeen totesimme kaiken olevan valmista iltaa varten. Nyt olisi siis hyvä hetki käydä syömässä. Asetimme soittimemme varovasti telineisiinsä, haimme pusakkamme eteisaulasta ja suuntasimme ulos kadulle.

Etsiskeltyämme hetken lähetystöedustustosihteerin mainitsemaa ruokaravintolaa astuimme sisään hieman nuhruiseen ravintola Abrahamin Leskeen. Hetken tiskin ääressä seistyämme eteemme tummien puupylväiden reunustamalle tiilikäytävälle laahusti viiksekäs tarjoilija.

- Me ollaan toi bändi, ilmoitti Pena.

Kyyppari murahti siihen jotakin, jonka tulkitsimme vastaukseksi ja viittilöi etusormellaan meidät istumaan nurkkapöytään.

Tilasimme Arabian Tupa-kahvikuppien jättämien jälkien täyttämältä ruokalistalta Oskarin Arki -nimiset leikkeet ja kannullisen vettä. Tarjoilija huusi tilauksen innottomasti keittiöön. Paikan muut asiakkaat näyttivät pitäytyvän pelkässä oluttarjoilussa.

Keittiön heiluriovien läpi kuulimme, kuinka tarjoilija aika ajoin turhaan patisteli ammattilaisen hartaudella annostensa rakentamiseen keskittyvää kokkia. Lopulta annosten teossa kesti kokilla sen verran kauan, että viimeiset pihvijänteet narskuteltuamme olikin jo kiire lähteä soittopaikalle.

- Entäs maksu? mörähti ovella eteemme tällä kertaa ihmeen liukkaasti ilmestynyt tarjoilijamme tuimana.

- Mähän sanoin, että me ollaan se lähetystön tilaama bändi, ihmetteli Pena.

- Se ravintola on tuolla toisella puolella katua, kuului tiukkaan sävyyn annettu vastaus. Katsoimme epäuskoisina ensin toisiamme, sitten mustanpuhuvaa tarjoilijaa ja totesimme, että meidän oli enempien viivästysten välttämiseksi tällä kertaa vain nieltävä sekä pihvijänteet että laskun maksaminen omista kukkaroistamme.

Kiirehdimme hiukan allapäin ja Penaa mulkoillen takaisin Vientisäätiöön, jossa puheensorina kertoi vieraiden jo saapuneen ja illanvieton olevan varsin hyvässä vauhdissa.

- Jaahas, maestrot itse! Musiikkia!

Saapumisestamme ilahtunut, lähetystöneuvokseksi myöhemmin osoittautunut vanhempi herrasmies kohotti viinilasiaan yleisölleen.

- Kaikki vain reippaasti tanssilattialle, hän jatkoi, joten meille ei jäänyt aikaa enempään ihmettelyyn. Miesvieraiden ripustaessa puvuntakkejaan tuoliensa selkämyksille ja hakiessaan katseellaan ensimmäisiä tanssitettavia Teppo ja Rane napsauttivat tottuneesti vahvistimensa stand by -virta-asennosta aktiivitilaan. Pena sukelsi rumpujensa taakse ja kiristi virvelirummun verkon paikalleen. Itse kiinnitin paljeinstrumenttini muodostamat, lähes 16 kilon lisäpainoliivit ylleni.

Olimme valmiina samaan aikaan kuin ensimmäinen, parinkymmenen innokkaan tanssijan joukko ojentautui etiketin mukaisiin tanssiasentoihin lattialla. Pena laski rumpukapuloillaan neljään, ja "Perä-Hyrylän humpan" räväkät alkutahdit kajahtivat ilmoille.

Kutsuvieraiden joukossa vielä hetkeä aiemmin vallinnut alkujäykkyys karisi musiikin soidessa nopeasti, ja itsekin totuimme pian pukumiesten ja -naisten kummallisiin tanssityyleihin.

Totuimme pikku hiljaa myös juuri valmistuneiden edustussaunatilojen prameuteen, ja itse keikka sujui mielestäni joltisenkin mallikkaasti. Eihän se taidollisena suorituksena ehkä niitä urani mieleenpainuvimpia ollut - Teppo lähti Kulkurin valssiin puolitoista sävelaskelta väärältä korkeudelta; Pena takoi ne ainoat jenkat yleisön kuntoon nähden silminnähden aivan liian nopealla tempolla, ja itsekin saatoin näppäillä muutamassa tangossa omiani.

Jonkinlaisen sykähdyksen settimme kuitenkin aiheutti, päätellen lähetystöneuvos Kuappisen klo 00:23 kajauttamasta, jonkinlaisella tamperelaismurteella äännetystä huudosta:

- Nyl lähretääj jätkät viämää suamalaista tankoo maalimalle!

Olin alkuillasta ajatellut Kuappisen olevan sukujuuriltaan savolainen, mutta kolmannen ja neljännen tanssisetin välisellä, lakisääteisellä 15 minuutin pituisella tauollamme Kuappinen oli Koskenkorva-ryyppyä minulle tarjotessaan halunnut paljastaa myös nimeensä liittyvän etymologian.

- Taneli... Evert... Kauppinen. Kaaauppinen. Sillä nimellä minut on ristitty, poika! Kaaauppinen, maisteli unelias lähetystöneuvos venytellen syntymänimeään.

Taneli Evert Kauppinen oli työssään suomalaisen liike-elämän kansainvälistymistä ajavana nuorempana virkamiehenä tullut heitetyksi työskentelemään ja asumaan milloin millekin puolelle Suomea, ja kerran kolmivuotinen komennusjakso oli vienyt hänet Kuopioon, sydän-Savoon.

- Tottakai mää olin sinne mennessäni kuullu sen jutun Kauppisesta, jota savolaiset alkoivat kutsua Kaappiseksi ja niin edelleen. Päätinpäs ollakin sitten niitä kieroja pirulaisia askelen edellä, marssin maistraattiin ja muutin nimeni saman tien virallisesti Kuappiseksi. Siitähän saivat, savolaiset! hörötti huvittunut lähetystöneuvos toista silmäluomeaan etusormellaan samalla nostaen.

Niinpä edellinen, hämäläisittäin hetkeä ennen vintin pimentymistä äännetty mölähdys ei sittenkään tullut minulle täytenä yllätyksenä.

Pieni yllätys oli sen sijaan sanamuoto, jolla samainen lausahdus esiteltiin seuraavana päivänä laaditussa lehdistötiedotteessa:

"- Määrätietoisten vientiponnistelujemme tuloksena olemme vihdoin avaamassa Suomelle Latinalaisen Amerikan markkinoita. Liikkeellelähtömme tapahtuu viihdeteollisuuden voimin, kertoo hankkeesta vastaava lähetystöneuvos Kuappinen."

Muistaakseni varsinaista suostumustamme ideaan ei kukaan tullut koskaan kysyneeksi. Tulkitsimme kyseessä olevan niin sanotun isänmaan edun, eikä siinä muutaman keltanokkaisen tanssimuusikon ääni paljoa painaisi.

Matkajärjestelyt ympärillämme käynnistyivät välittömästi, ulkoministeriön tietoliikenneteknistä laitteistoa hyödyntäen; olihan Ilmatieteen laitoksen esimerkin innoittamana ministeriöön jo vuonna 1946 hankittu kaukokirjoitin. Lähetystösihteeri oli yhteydessä Argentiinan Suomen-suurlähetystöön ja kertoi Kuappisen uuteen hankkeeseen liittyvien taiteilijoiden olevan käytännössä jo matkalla eteläistä Amerikkaa valloittamaan: "tangotaiteilijoita tulossa stop valloittakaa argentiina stop muistakaa taxfreeostokset palatessa stop".

Argentiina oli nimittäin lyhyen yöllisen neuvonpidon jälkeen valikoitunut vienninedistämismatkan kohteeksi; olihan se yhtä tunnettu tangostaan kuin Suomi joulupukistaan. Siis lähinnä oman kansansa keskuudessa, mutta ainakin siinä kontekstissa aiheen jonkinlaisena kotimaana. Yhtä lailla vaikutin maavalintaan saattoi olla ulkoministeriön talousosaston johtajan pikkutunneilla lattialta non-stoppina laulama, Seija Simolan tuoretta listahittiä mukaileva kertosäe "Et itkeä saa, et meluta saa, Argentiina".

Kuappinen oli nimennyt meidät saman tien prameasti hankkeen kulttuurilähettiläiksi, olimmehan saunaillan ainoat soittotaitoiset. Lisäksi ohjelmistoomme kuului jo vanhastaan argentiinalainen tango La Cumparsita, joka saattaisi osoittautua matkallamme hyvinkin käyttökelpoiseksi.

- Nämä taitavat olla ihan tosissaan, totesin toisille, kun pakkasimme soittimiamme takaisin Lujaan. Minuahan ei täällä oikeastaan mikään pidätellyt. Kotoa olin lähtenyt ovet paukkuen jo pari vuotta sitten, ja vähät sukulaiseni olivat tottuneet muusikonelämäni ennakoimattomuuteen. Elämääni ei myöskään ollut ilmestynyt mitään järjestystä tuovaa elementtiä, kuten työ- tai opiskelupaikkaa.

- Mitäs sanotte, lähdetäänkö?

- Tottakai! Jollei tuonne, niin sitten Interrailille, sanoi Pena. - Matkustakaa ja nähkää maailmaa, sanoi joku joskus. Pena eleli itsekseen vanhempiensa omistamassa yksiössä Lauttasaaressa, mutta ei ollut koskaan kertonut meille, missä vanhempansa olivat tai mitä tekivät. Ilmeisesti he eivät kuitenkaan olleet kovin kiinteässä vuorovaikutuksessa poikaansa.

- Entäs Rane ja Teppo?

- Ihan sama, sanoi Rane ja pyyhki hikistä otsaansa kravaattiinsa. Teppo tyytyi vain nyökkäämään. Molemmat olivat edellisviikolla saaneet kuulla pestiensä Jakomäen sahalla päättyneen, eikä ollut vaikea kuvitella, että matkalaukkuelämä kaukomailla voittaisi vuokrakaksioarjen Vantaan Koivukylässä.

Nuoret ja kokeilunhaluiset mielemme oli näin avattu latinovaikutteille, vaikka etenkin Rane onnistui peittämään sen hyvin. - Kerron huomenna vuokraisännälle, mihin voi rästilaskut jatkossa tunkea.

Niinpä jo saunaillan jälkeisenä päivänä olimme takaisin lähetystössä seuraamassa vaikuttuneina, kuinka meille nyt jo tuttu lähetystösihteeri, neiti Näpsäksi leimattu rouva hoiti järjestelyjä. Happamasti, mutta vuosien kehittämällä asiantuntemuksella.

- Lennot Helsinki - Buenos Aires neljälle ovat jo varauksessa. Välilaskuja tullee sekä Lontooseen että Mexico Cityyn, ja jälkimmäinen saattaa venyä yli vuorokaudenkin mittaiseksi. Näin nopealla aikataululla on hiukan vaikea mahduttaa neljää henkeä lennoille, lähetystösihteeri sivalsi meitä mulkaisten.

Minulla oli vain hämärä aavistus, missä päin maailmaa mainitut kaupunkinimet olivat osa kotimaan karttaa, mutta reissu alkoi jo nyt vaikuttaa nuoren miehen mielessä perin eksoottiselta. Tiedustelinkin lähetystösihteeriltä varovasti, kävisivätkö markat varmasti maksuvälineinä matkallamme. Hän vilkaisi minua hetken epäuskoisesti ja totesi, ettei Suomen markka ollut vielä kovinkaan tunnettu, saati käyttökelpoinen valuutta maamme rajojen ulkopuolella.

- Näillä dollarimääräisillä matkashekeillä saatte tehtyä välttämättömiä ostoksia, vaikkapa ensimmäisiä esiintymisiänne varten. Huomioittehan, että paikallisen suurlähetystön teille mahdollisesti järjestämät, "Tango de salon" -tyyliset esiintymispaikat saattavat edellyttää myös teidän pukeutumiseltanne toisentyylistä arvokkuutta kuin suomalaiset työväentalot.

- Voinko ostaa lierihatun? kysyi aina tyylitietoinen Pena välittömästi.

- Jos se on Suomen viennin kannalta välttämätöntä.

- Suurlähetystökö siis toimii keikkamyyjänämme? tiedustelin puolestani yrittäen kuulostaa orkesterimme operatiivisilta aivoilta.

- Käyttäisin itse mieluummin ilmaisua "fasilitaattori".

- Saakohan sieltä uusia kieliä? huolestui puolestaan soittotyyliään viime aikoina runnovammaksi kehittänyt Teppo. Edes 0.11-paksuinen kielisetti kun ei hänellä nykyään kauaa ehjänä pysynyt.

- Siihen on uskoakseni hyvät mahdollisuudet. Ellette sitten jo jostain syystä osaa espanjaa.

Lähetystösihteerin kotkankatse suoritti nopean kierroksen hölmistyneissä kasvoissamme, ja kun silmätutka ei selvästikään palauttanut minkäänlaista signaalia, hän kertoi lähtevänsä järjestämään meille jostakin suomi-espanja-suomi -sanakirjat.

- Onkohan se sittenkään ihan oikea paikka meille, mutisi Rane katsellen hänen peräänsä epäilevästi.

Helsinki-Vantaan lentoasema, kuten sen uunituore virallinen nimi kuului, muokkasi meistä nopeasti kansainvälisiä matkailijoita. Ainakin Penasta, joka aloitti lähtöselvityksen reteästi kansakouluenglannilla. Takanamme hermoilevan liikemiehen vaatimuksesta keskustelu vaihtui kuitenkin pian suomen kielelle, jolla lentoliput luovutettiinkin käteemme todennäköisesti huomattavasti ripeämmin.

- No niin! Ei kun lentokoneeseen! huikkasi Teppo iloisesti, ja lähti kitaralaukkunsa kanssa astelemaan kohti lähtöportteja.

- Hetkinen, jättäkääpä matkatavarat tänne! Finnairin virkailijan ilme ei ollut yhtä iloinen.

- En kai mä nyt kitaraa lastiruumaan laita? ihmetteli Teppo ja me muutkin puristimme soittimiemme kantokahvoja tiukemmin.

- Ette ole ilmeisesti aiemmin lentäneet, murahti virkailija. Hän tulkitsi punakat kasvomme aivan oikein nolostuneiksi sellaisiksi ja jatkoi: - Kun pääsette koneeseen sisään, niin huomaatte, ettei siellä ole tilaa tuollaisille koteloille. Sitä paitsi sen Oulun lentokonekaappauksen jälkeen pienemmätkin viulu- sun muut kotelot ovat olleet kiellettyjä lentoyhtiömme koneiden matkustamoissa.

Yritin vakuuttaa tiskinsä takana jurottavalle stuertille, ettemme olleet mitään Lamminpartaita tai muita liikemiehiä, vaan rehellisiä tanssimuusikoita.

- En näe mainitsemissanne ammattikunnissa olennaisia eroja, hän vastasi.

Kommentti oli selvästi liikaa Ranelle, joka tumppasi tupakkansa tiskin pintaan ja alkoi kääriä paidanhihaansa merkitsevästi ylöspäin.

- Mitäpä, jos muokkaan näkökykyäsi vähän paremmaksi?

Soittimiemme sijoittelusta käyty lyhyt kädenväätö jäi stuertin onneksi kuitenkin sanalliseksi, sillä huomasin turvatarkastuksen virkailijan kiinnostuvan väittelystämme. Tuimailmeinen tyyppi singahti kokoisekseen ripeästi kiinni Ranen kylkeen ja sai tämän alitajuisesti muuttamaan hihanrullauksen suuntaa. Kaverilla olisi varmaan ollut kysyntää ravintolaportsarinakin, mutta ehkä lentokentällä maksettiin järjestyksenpidosta paremmin.

Tyynnyteltyämme liki kaksimetrisen turvamiehen katselimme hetken apeina instrumenttiemme katoamista liukuhihnaston uumeniin.

Tuijotuksemme keskeytyi, kun takanamme oleva, meitäkin alakuloisemman oloinen mies paremminkin totesi kuin kysyi:

- Määttekö Parriisin kaatta? Nuita pelejä ette sitte sen kuommin tule näkemmään.

Charles de Gaullen lentokenttä Pariisissa alkoi jo tuolloin niittää mainetta paikkana, jossa koneenvaihtaja sai ainakin muutamaksi päiväksi heittää hyvästit matkatavarasäiliöön kirjaamalleen omaisuudelle. Koska lentolipuissamme kuitenkin luki määränpäänä Pariisin sijasta Lontoo, päätimme uskoa iloiseen jälleennäkemiseen. Siitäkin huolimatta, että liukuhihnan yläpuolella luki hämärä sana "Baggage", vaikka englanninopettaja Kujala oli aikanaan minulle opettanut, että matkalaukku on englanniksi "Suitcase".

Kansakouluenglannista ei tuntunut muutenkaan olevan juuri hyötyä kansainvälisessä matkustajaliikenteessä. Helsinki-Vantaalla ja Finnairin koneessa sentään pärjäsimme suomen kielellä, mutta viimeistään välilasku Lontooseen osoitti kotimaan kielenopetuksen puutteet. Esimerkiksi lähtöportit kentillä löytyivät kummallisen "Departures"-sanahirviön sisältäneiden kylttien suunnasta; lentokone ei ollutkaan "aeroplane" vaan "aircraft", WC:itä ei ollutkaan merkitty "toilets" vaan "lavatories" ja niin edelleen. Neljällä hengellä oli kuitenkin hyvä arvailla opasteiden merkitystä yhdessä, tarvittava varma veikkaus löytyi yleensä joltakulta.

Arvuuttelimme juuri, olisiko meille sopivampaa astua sisään "lavatoryyn" W- vai M-kirjaimella merkitystä ovesta, kun lyhyehkö, hyvin ruskettunut ja mustahiuksinen mieshenkilö saapasteli luoksemme.

- You need help? kaveri korahti pensseliviiksiensä takaa. Panin merkille, että suomalaisessa ammattikoulussa varmasti kateutta herättävän nenäpehkon tukena usein nähtävän, varsinaisen parran kasvamisesta ei näkynyt kasvoilla merkkejä. Tuon täytyi olla jokin rodullinen piirre.

- No, we need to pee, vastasi Pena tässä vaiheessa jo luontevasti lontoolaisittain.

Opastajamme turpea etusormi osoitti M-kirjaimella varustettua ovea. Sormessa oleva muhkea kultasormus aiheuttaisi harmonikansoitossa varmasti hankaluuksia, huomasin ajattelevani. Kultainen rannekellokin näkyi miehellä olevan, ja vieläpä vasemmassa ranteessa, joten ainakaan kyse ei ollut soittajakollegastani. Meidät kurtunrevittäjät nimittäin tunnisti yleismaailmallisesti siitä, että pidimme rannekelloa oikeassa kädessä. Kello kun ei bassopuolen tiukan käsihihnan alle helposti mahtunut.

Pena ja Teppo hävisivät kahden palvelupaikan WC-tilaan, ja jäimme Ranen kanssa jonotuspaikoille. Uusi tuttavuutemme ei jatkanutkaan matkaansa, vaan jäi miettiväisen näköisenä keinuskelemaan buutsiensa kannoilla. Sujuvasti hän tavasi käsissämme olevista lentolipuista seuraavan lentomme määränpään.

- Mexico...you need money? pensselisetä äkkiarvaamatta tiedusteli rahantarvettamme.

- Always. We are musicians, katsoin parhaaksi taustoittaa myöntävää vastaustani.

Paljastukseni näkyi ilahduttavan miestä suuresti. Varovasti ympärilleen vilkaisten hän kumartui lähemmäksi ja ääntään madaltaen selitti meille kiihkeästi jotakin. Heikko englanninkielen sanavarastoni yhdistettynä miehen mutinaan teennäisestä alarekisteristä teki puheen sisällöstä lähestulkoon tunnistamattoman. Nyökkäilimme kaverille kuitenkin kohteliaasti, ja rumpali-kitaristi -sektiomme palatessa asioiltaan mies kirjoitti paperinpalalle jotakin, jonka saattoi tulkita osoitteeksi. Paikka näytti olevan Mexico Cityssä, mutta en ennättänyt muodostaa lausetta, jolla olisin kertonut meidän tekevän siellä vain seuraavan välilaskun, kun viiksi-Vallu jo kätteli meitä ja poistui tuloaulan suuntaan.

- Mikäs heppu tuo oli? Pena tiedusteli.

- Olisiko ollut sellainen manageri, tiedä noista. Kovasti tuntui tykkäävän musiikista. Antoi meille tällaisen osoitteen, mutta en kyllä pysynyt kärryillä sen selityksistä. Ihme jannu, summasi Rane puolestani.

Suuntasimme lähtöportille A20, jossa British Airwaysin lento Lontoosta México Cityyn sanakirjan mukaan odotteli ilmeisesti jonkin villisiasta johtuneen lommon oikaisua.

Atlantin valtameren ylitys ei ollutkaan ihan mikään lyhyt rupeama, mutta koneessa tarjotut viinit, paistit, torkut ja kahvit maistuivat matkalaisille ja saivat ajan kulumaan. Turbulensseihinkin tottui, kun ensimmäisestä huomasi selvinneensä hengissä.

Aika kylläkin kului korkeuksissa jotenkin kummallisesti - tuskin olimme saaneet ummistettua silmämme tukevan lounaan uuvuttamina, kun eteemme jo kannettiin uusi satsi samanhenkistä muonaa.

Onneksi muusikonelämä oli kouluttanut meitä epäsäännölliseen päivärytmiin, joten emme miettineet aikaeroja sen kummemmin, vaan kävimme jälleen uuden ilmaisen aterian kimppuun, toimien jo lentokoneympäristön rajoitteet tottuneesti huomioiden: ikkunapaikalla istuva söi haarukka ikkunanpuoleisessa kädessään, käytäväpaikalla istuva piti haarukkaa käytävänpuoleisessa kädessään, ja keskipaikalle joutunut yritti parhaansa mukaan saada ateriansa syödyksi ilman käsiä.

Istuinten ahtauden vastapainoksi käytävillä oli hyvin tilaa jonottaa vessaan tai vaikka painia - kuten pohjanmaalaistaustainen Pena ja Rane empiirisesti totesivatkin - sillä ohuen ilmanalan vuoksi British Airways ei kuulemma uskaltanut laskeutua Meksikon pääkaupunkiin kovin täydellä koneella.

Tämä painijoitamme erotuomaroimaan saapuneen lentoemännän antama selitys ei kylläkään Raneen uponnut; olimmehan kaikki vain reilut kymmenkunta vuotta aikaisemmin nähneet kansakoulunopettaja Toivosen mustavalkotelevisiosta, kuinka Bob Beamon hyppäsi México Cityssä pituutta uskomattomat 890cm.

- Ilmanhan täytyy olla siellä pikemminkin tavallista sakeampaa, kun se niin hyvin kannattelee pituushyppääjää, järkeili Rane ääneen, eikä meillä ollut tähän logiikkaan mitään vastaan väitettävää.

Saapuessamme México Cityn ilmatilaan vaikutti siltä, että kapteeni ei heti löytänyt lentokenttää; lensimme ainakin 15 minuuttia erilaisten aaltopeltiseinäisten ja -kattoisten tai laudoista kyhättyjen hökkeleiden yläpuolella, ennen kuin kone äkisti rojahti kiitoradalle. Laskeutumispaikka oli kuitenkin selvästi oikea; kenttä oli sakeanaan sekä sotilas- että siviilikoneita, joista suurinta osaa ei ollut parkkeerattu kovinkaan täsmällisesti ruutuihinsa. Kiitoradan jatkeilla parveili myös kosolti löysän oloisia ihmisfiguureja, mikä ei olisi Helsinki-Vantaalla tullut kuuloonkaan.

Päämäärättömältä tuntuneen rullailun jälkeen koneemme pysähtyi, ja matkustajat nousivat parveilemaan käytäville, ryhtyen innokkaasti kaivelemaan tavaroitaan yläkaapeista. Oma englanninkielen taitoni puutteellisuus paljastui tässäkin;

olisin voinut vaikka vannoa, että kaiuttimissa kuulunut lentoemännän iloinen ääni oli nimenomaan pyytänyt kaikkia matkustajia istumaan paikoillaan, kunnes istuinvyön merkkivalo on sammunut.

- Mihin näillä on kiire, ei kai täältä koneesta niin vain juosta kotiin, vaikka Etelä-Amerikassa ollaankin, Teppo ihmetteli.

Olin aikaa tappaakseni tutustunut lennon aikana huolella istuintaskusta löytyneeseen lehtiseen, joka sisälsi myös maailmankarttaosion. Kehotinkin Teppoa vilkaisemaan sitä ulospääsyä odotellessaan.

- Kuten huomaat, maantieteellisessä mielessä ollaan kyllä tukevasti Pohjois-Amerikassa, ilmoitin Tepolle tyytyväisenä oivalluksestani. Teppo oli orkesterimme älymystöä; useamman laudaturin ylioppilas, ja arvasin huomioni harmittavan häntä suunnattomasti.

Kävimme aiheesta lyhyeksi tarkoitetun, mutta käytännössä koko koneesta poistumisen, tuloterminaalin läpi kävelemisen ja Exit-kylttien mukaan navigoimisen ajan harvakseltaan, mutta sinnikkäästi jatkuneen väittelyn. Vihdoin matkalaukkujamme Tullin jälkeen odotellessamme Teppo myönsi tappionsa. Samaan hengenvetoon hän kuitenkin muistutti, että koneesta poistuminen ja sitä seuranneet maahantulomuodollisuudet olivat kyllä sujuneet latinalaisamerikkalaisen verkkaisesti; ei ihme, jos tuon verran koordinaateista erehtyy.

- Tuo on kyllä totta, myöntelin puolestani sovinnonhakuisesti. Olin pannut myös merkille, että aikaa vievä, mutta samalla rento meininki lentoasemalla ei tuntunut ketään haittaavan. Jopa tuloaulan viiksekkäät sotilaat naureskelivat ja sormeilivat konepistooleitaan aika huolimattoman oloisina.

Jatkolentomme Buenos Airesiin olisi vasta seuraavana päivänä, joten koppasimme liukuhihnalta vähäiset matkatavaramme ja kuin ihmeen kaupalla siihen asti mukana selvinneet soittimemme, ja poistuimme lentoasemarakennuksesta ulkona odottavaan, aurinkoiseen säähän. Lämpötila vaikutti yllättävän miellyttävältä, ei lainkaan niin kuumalta kuin olin kuvitellut. Sijainti kahden kilometrin korkeudessa merenpinnasta varmaankin vaikutti pääkaupungin lämpötiloihin alentavasti.

Lentokonekartan mukaan Sierra Madre -niminen vuoristo näyttäytyi jylhänä, joskin pienen savuverhon peittämänä pääkaupungin takana. Vuorijonot näkyivät jatkuvan joka puolella kaupunkia.

- Jahas, mitäs sitten?, tiedusteli Rane. - Lentoasemalta ei taida olla ihan kävelymatka keskustaan, vaikka keli onkin hyvä.

- Otetaan taksi, ehdotin, ja muut nyökkäilivät hyväksyvästi.

- Mites se sitten tapahtuu? oli Ranen seuraava kysymys.

- En minä vaan tiedä. Ulkomaisissa elokuvissa ainakin nostetaan yleensä käsi ylös, näin, ja vihelletään. Sitten se taksi vaan yhtäkkiä on siinä, pohdin ääneen.

Nostimme Ranen ja Tepon kanssa kädet ylös, ja Pena alkoi viheltää Roger Whittakerin säveltämää melodiaa, jonka olimme oppineet tuntemaan televisiosta Patakakkonen-nimisen kokkiohjelman tunnusmusiikkina.

Ensimmäinen taksi ilmestyikin paikalle nopeasti, heti erään armeijan univormuun sonnustautuneen, tuimailmeisen intiaanijälkeläisen jälkeen, joka kävi hetken hakemassa katseellaan syytä kädet ylhäällä seisomiseemme.

Lähes yhtä nopeasti kaikille kävi kuitenkin selväksi, ettemme mahtuisi tavaroinemme taksiin. Auto oli nimittäin kupla-Volkkari, josta oli toinen etupenkki poistettu. Meksikolaisten keskipituus vaikutti toki olevan noin parikymmentä senttimetriä suomalais-ugrilaistamme alempi, mutta sekään ei mielestämme täysin selittänyt näin pienten autojen käyttöä takseina. Muunlaisiakaan ei kuitenkaan horisontissa näkynyt, vaikka Teppo meistä pisimpänä kuinka kurotteli.

Raitapikeepaitainen, jälleen viiksekäs kuskimme ei vaikuttanut epäluottamuksestamme hermostuvan, vaan viittilöi paikalle kollegoitaan, ja kohta kolmen oranssin kupla-Volkkarin muodostama kolonnamme oli valmiina liikkeellelähtöön. Enää piti keksiä, minne ajettaisiin.

- Etkös sinä saanut siellä Lontoossa siltä viiksiniekalta jonkun osoitepaperin? ehdotti Pena.

- Jos nyt kuitenkin yritettäisiin ensin sitä lähetystöä, tuhahdin takaisin ojentaessani kuskille neiti Näpsän lähtiessämme kirjoittamaa osoitepaperia.

KAHDEKSAN

Sanavalintani lähetystöön yrittämisestä osui yllättävän nappiin; suurlähetystön vihdoin löytyessä Mexico Cityn kaupallista keskustaa halkovalta Avenida Chapultepecilta saatoimme vain todeta sen ovien olevan lukossa. Rakennuksen ikkunoissa ei myöskään näkynyt minkäänlaista liikettä.

- Soitapa ovikelloa, jospa se saa latinolanteisiin liikettä, ehdotti Pena minulle.

Olisin toki painanut ovikelloa, mutta sellaista ei yksinkertaisesti ollut. Kehotinkin Teppoa kokeilemaan mahtipontista, kaksipäisen kotkan kuvilla koristeltua metallista kolkutinta.

Tepon ponnekkaisiin koputuksiin tuli kuitenkin vastaukseksi vain niiden kaiku sisäpuolen kiviseinistä. Vierailumme suurlähetystöön jäi siis näillä näkymin todellakin yritykseksi.

Taksiretkueemme ajajat näyttivät tyytyväisiltä, koska matkanteko heidän dinosauruksen munia pääsiäisenä muistuttavissa ajopeleissään mitä ilmeisimmin jatkuisi.

Havaitsin, että oman taksimme matkamittari näytti tällä hetkellä pesomäärää, joka Yhdysvaltain valuutaksi muutettuna lähenteli vasta viittä dollaria, joten mistään ryöstöyrityksestä heitä ei kylläkään käynyt syyttäminen.

- Onko ideoita, minne sitten? tiedusteli Teppo pientä hikinoroa ohimoltaan pyyhkien. - Vaikkette ehkä usko, en ole aiemmin käynyt tässä kaupungissa.

- No enpä ole minäkään koskaan nähnyt muita meksikolaisia osoitteita kuin tämän, totesin heiluttaen Lontoossa, Heathrowin lentokentällä WC-oppaaltamme saamaani paperilappua kädessäni. Koska emme muutakaan keksineet, survoimme sen kuskimme käteen.

Lapussa oleva osoite näytti aukeavan ajurille suuremmitta vaikeuksitta, ja eipä aikaakaan, kun jo putputtelimme kolmen keltaisen kupla-Volkkarin voimin pitkin kuusikaistaista Periférico-väylää pohjoiseen päin, tuhansien muiden autojen tavoin. Teppo oli kuulemma todennut Ranelle, joka oli hänen kanssaan samassa kyydissä, että México Cityssä vaikutti olevan enemmän autoja kuin kaikissa vuodesta 1953 ilmestyneissä Tekniikan Maailma -lehtien kuvissa yhteensä. Ja hän sentään oli lukenut ne kaikki, koska oli jonkinlaista sukua lehden perustajalle, Rauno Toivoselle.

Penan ja minun taksikuljettajamme nimi puolestaan oli kupla-Volkkarin aurinkolippaan kiinnitetyn muovilapun mukaan Hector. Niinpä meitä ei yllättänyt, että hän instrumenttikoteloitamme vilkaisten kysäisi jossain vaiheessa matkaa iloisesti:

- Musicantes?

- Sí, vastasi Pena jälleen täydellisesti meksikolaiseen kulttuuriin adaptoituneena.

- Mariachis?, jatkoi chauffööri uteluaan. Tämä kysymys ei kuitenkaan meille enää auennut, mutta sana vaikutti meistä molemmista vähintäänkin epäilyttävältä. Olimme lennon aikana lukeneet istuinkotelon matkailulehtisistä tarinoita Meksikon orastavista huumeongelmista ja jengitaisteluista, emmekä halunneet missään tapauksessa sekaantua moisiin. Nuorisoseuratalojen takahuoneiden satunnaiset sahtipönikät saivat luvan riittää tanssimuusikon pään sekoittajina.

Pena katsoi siis parhaaksi vastata kuskin tiedusteluun kohteliaan kieltävästi.

- No, gracias.

Kuljettajamme, taiteilija Heikki Harmaa lähes metrin lyhyempi Meksikon-kaima ei meiltä enää enempiä kysellyt. Sen sijaan hän keskittyi omaan asfalttiprinssin rooliinsa, heiluttamaan ja huutelemaan viereisten kaistojen tuttavilleen auton avoimesta ikkunasta "pinche sitä" ja "pinche tätä". Ottaen huomioon, että kyse oli sentään miljoonakaupungista, Hectorin ystäväpiiri tuntui sangen laajalta.

Viimein "bocho"-letkamme - kuten myöhemmin ymmärsin kupla-Volkswageneita täällä kutsuttavan - kaarsi pois valtaväylältä, Las Arboledasin vehreään kaupunginosaan ja pysähtyi La Paz -kadulla sijaitsevan, ruskeatiilisen talon eteen.

- Si? sanoi oven juuri avannut, keski-ikäinen, jälleen viiksekäs ja hiukan tanakka mies katsoen meitä kysyvästi. Tyrkkäsin hänen käteensä Heathrow'n lentoasemalla saamani osoitelapun. Lapussa kun oli osoitteen lisäksi muutakin, arvatenkin espanjankielistä tekstiä. Esimerkiksi ilmaisu "Ofrenda 4" ei vaikuttanut olevan osa osoitetta, mutta ei sanonut minulle mitään.

Vilkaistuaan lappua ovimiehen kulmakarvat kohosivat ja ilme suli hymyyn:

- Andale, amigos de Oscar! Adelante, por favor! Soy Arturo y esta es su casa, hihkui kaveri iloisena. Teppo ja Rane selasivat sanakirjojaan, mutta eivät saaneet tolkkua miehen puheesta. Päättelimme kuitenkin, että hän oli nimeltään Arturo ja vaikutti oikein ilahtuneelta yllättävästä saapumisestamme.

Arturo viittilöi meidät tavaroinemme peremmälle runsaasti kaakeloituun taloonsa ja vaati ehdottomasti saada maksaa kolmelle, käsi ojossa rahojaan odottavalle taksikuskillemme puolestamme. Emme kohteliaisuussyistä laittaneet sen kummemmin vastaan.

- Español? Spanglish? English? kysyi Arturo, ja nyökkäsimme viimeisen vaihtoehdon kohdalla varovasti.

Valinnastamme huolimatta Arturo kertoi varsin murteellisella englannin ja espanjan sekoituksella lapun kirjoittajaksi hyvän ystävänsä Oscarin, jota työasiat valitettavan usein veivät ulkomaille. Työn luonne ei meille aivan selvinnyt, mutta jonkinlaisesta valtionvirasta tuntui olevan kyse. Viestissään Oscar pyysi kuulemma Arturoa majoittamaan hyvät suomalaiset ystävänsä, ja Arturo teki mielellään työtä käskettyä.

- Esta es su casa! This is your home! Arturo toisteli, että hänen kotinsa olisi nyt myös meidän kotimme. Kiitimme isäntäämme kohteliaasti, mutta totesimme jatkavamme matkaamme jo seuraavana päivänä kohti Buenos Airesia. Tämä sai Arturon nauramaan entistä iloisemmin, vaikkemme ymmärtäneet, mitä hauskaa olimme tulleet sanoneeksi.

Seuraavaksi Arturo kiinnitti huomiota soittimiimme.

- Mariachis? hänkin kysyi, taksikuskimme tapaan.

- Ollaanpa täällä hanakasti tarjoamassa ruohoa joka paikassa, ihmetteli Teppo ääneen. - Ruohoa ja kupla-volkkareita; taitavat olla vielä 60-luvulla.

- Jospa tuo sana ei tarkoitakaan sitä mitä luulemme?, keksi Rane kysyä. - Mutta miten sitä nyt isännältämme oikein fiksusti kysyisi?

Kohauttelimme siis olkapäitämme Arturolle neuvottoman näköisinä, ja Arturo päätti ottaa käyttöön uuden viestintämuodon. Hän kiskoi meidät nuhruisen oloisen Philips-levysoittimen luo, ja kaivoi vinyylihyllystään viiksekkäillä, jättihattuisilla ja kirjavin paljettiliivein puetetuilla miehillä kuvitetun levynkannen. Miehet pitivät sylissään tutunoloisia soittimia; kitaraa, harmonikkaa ja paria trumpettia. Lisäksi kuvassa oli myös yksi aivan järkälemäisen kokoinen kitara, ja hetken luulimme kyseessä olevan jonkinlaisen optisen harhan.

Arturo pyyhkäisi sisäpussissa ollutta levyä hellästi ja laittoi sen soimaan. Kaksiääninen trumpettimelodia kimposi kirkkaana Arturon asunnon kaakelilattioista ja seinistä, ja kyseinen, runsasmuotoiseksi paisunut instrumentti paljastui pian bassostemmaa hoitelevaksi guitarrón-nimiseksi soittimeksi. Kappaleen nimi taisi olla "Las Mañanitas", ja Arturo vaikutti vaipuvan sitä kuunnellessaan ainakin hetkeksi jonkinasteiseen transsiin. Tunteitaan yleensä hyvin kurissa pitävä Ranekin vaikutti silminnähden innostuneelta tavattuaan oman soittimensa tukevamman sisarpuolen.

- Valssi kuin valssi, murahti Teppo katkaisten lumouksellisen hetken. Ymmärsin kyllä Tepon turhautumisten, kitaristiparka vaikutti joutuvan hakkaamaan tylsähkösti takapotkuja vain kolme sointua sisältävissä kappaleissa myös tällä puolen Atlanttia.

Levyn kansikuvista päätellen "mariachi" olikin siis tietynlainen, häissä ja muissa sukujuhlissa vaikuttava musiikkityyli, ja sen soittajat yleisesti ottaen nimeltään "mariacheja". Jo näkemämme kansikuvan instrumenttien lisäksi mariachi-musiikissa käytettiin usein myös viuluja, ja laulajina saattoi olla joskus miesten lisäksi myös naisia. Laulumelodiat esitettiin trumpettistemmojen tavoin yleensä kaksiäänisinä.

Mariachien musiikillinen puoli vaikutti meistä aika selkeältä, mutta silmän kesti aikansa tottua yhdenmukaisiin esiintymisasuihin, joihin liittyi yleensä mustien tai valkoisten liivipukujen runsas, kimalteleva koristelu ja järkyttävän leveälieriset sombrerot. Yleisö näytti kuvissa olevan aina riemuissaan.

- Nauravat varmasti noille asusteille, ehdotti Teppo.

Sanan merkityksen selvittyä olimme helpottuneita, ettei meitä luultukaan täällä huumeiden käyttäjiksi. Pena ei silti vaikuttanut olevan kovin mielissään, kuulemamme levynpätkän mukaan kun musiikkityyliin ei tuntunut kuuluvan lainkaan rumpuja.

Kaiuttimista kuuluvan kappaleen vaihtuessa "Cielito lindo"ksi Arturo viittilöi meitä kantamaan soittimemme olohuoneeseen. Yritimme selittää Arturolle, että meidän pitäisi ottaa yhteyttä suurlähetystöön, mutta isäntämme ei ottanut ehdottelujamme huomioon, vaan poimi sivuhyllyltä esiin trumpetin ja Tequila Herradura -merkkisen pullon. Hän asetteli pullon ja viisi koristeellista snapsilasia olohuoneen pöydälle ja nosti sen alta esiin pinon nuotteja. Sitten hän valitsi levyhyllystään muutaman levyn ja asetti niistä ensimmäisen levylautaselle.

Olimme löytäneet yhteisen sävelen soittamatta vielä ainuttakaan.

KYMMENEN

Aamuaurinko siivilöityi oranssien kaihtimien välitse oikean silmääni. Heräsin. Pää tuntui raskaalta.

Raotin vasenta silmääni ja hahmotin edessäni olevalla pöydällä tyhjän Tequila Herradura -pullon ja viisi koristeellista, mutta pesua vaativaa snapsilasia. Olin sohvalla, jossa vääntäydyin istuma-asentoon samanlaisessa jo olevan, suu auki kuorsaavan Ranen viereen. Pöydällä näkyi sikin sokin olevia nuottipapereita, ja vähitellen muistin, missä olin. Tönäisin Ranea.

- Köh? ynähti Rane älykkäästi ja avasi verkkaisesti silmänsä.

- Jaha, ilmeisesti tämä ei ole unta. Olemme yhä Meksikossa, mutta neljä-viisi albumillista mariachi-renkutuksia enemmän läpi soittaneina kuin saapuessamme, summasin.

- Olikohan sekin unta, että Pena oppi muka yöllä soittamaan Arturon trumpettia?

- Tiedä soittamisesta, mutta yllättäviä taitojahan siltä Saarikosken akan pojalta tuntuu löytyvän, vahvistin. Penan oikea nimi oli kai Pasi tai Petri, mutta runoilijapiireissä tunnetun sukunimikaimansa innoittamana häntä puhuteltiin yleensä Penaksi. Kumpaakaan taiteilijaa ei olohuoneessa juuri nyt näkynyt.

- Huomenta, vai mitäköhän vuorokaudenaikaa kello täällä tähän aikaan käy? kuului sen sijaan Tepon ääni nojatuolista takaani. Katsoin yhä Suomen-ajassa olevaa aikarautaani ja yritin laskeskella paikallisaikaa.

- Olisikohan yksitoista. Ja jatkolentoa varten meidän piti olla lentokentällä...

- ...viimeistään kymmeneltä, täydensi Teppo.

Jätimme ajatuksen iskostumaan mieliimme hetkeksi.

Juuri, kun olimme panikoitua, kuulimme Arturon äänen keittiöstä:

- Buenos días, señores! A desayunar! Digo, breakfast, por favor!

Iloinen isäntämme halusi siis tarjota meille aamiaista. Paistetun kananmunan tuoksu kiertyi keittiöstä sieraimiimme. Päätimme panikoitua vasta myöhemmin, sillä nälkähän meillä alkoi jo ollakin. Arturon paistama "huevos rancheros" -munakas katosi vauhdilla suihimme. Niin vauhdilla, että annoksessa ollut chili alkoi vaikuttaa vasta pitkälle kurkkutorvessa. Sieltä polte levisi kitalaen kautta takaisin koko suuhun. Kipu puristi vedet silmiin.

Köhiessämme pöydässä naamat tuskasta vääntyneinä Arturo päätteli nopeasti, ettemme sittenkään olleet kovin harjaantuneita chilinsyöjiä, ja käski meitä ojentamaan kätemme. Ripeällä liikkeellä hän aukaisi ison suolapurkin, kaatoi kasan suolaa kämmeniimme ja kehotti kippaamaan keon suuhun.

Hullulta tuntuva neuvo tuntui hätätilanteessa paremmalta kuin ei mitään neuvoa, joten teimme työtä käskettyä. Ja kuinka ollakaan, suola imi chilin poltetta suun limakalvoilta niin hyvin, että parin minuutin päästä pystyimme jo puhumaan lähes normaalisti.

- Ohhoh, olipas se ytyä. Tässähän alkaa ihan kaivata mauttomia kouluruokia koto-Suomessa, taivasteli Rane ja kuivaili silmiään pöydälle ilmestyneeseen Kleenex-paperipyyhekasaan.

- Onkos joku kuollut? kysyi keittiön ovensuuhun ilmestynyt Pena tahdittomasti. Kyyneleiset silmämme toki saattoivat hämätä häntä, mutta näsäviisastelu, varsinkaan yhtyeen sellaisen jäsenen taholta, joka ei ollut joutunut chilihyökkäyksen kohteeksi, ei silti tuntunut asialliselta.

- Maista itse, niin katsotaan, saadaanko niitä kuolleita, ärähti Rane.

Katsoimme vetistävillä mutta kostonhimoisilla silmillämme Arturoa, mutta koska hän veteli muina miehinä suuhunsa meiltä jääneitä kananmunapommeja, ajatuksiltamme teon tahallisuudesta meni saman tien pohja pois. Meksikolainen isäntämme vaikutti chilin suhteen hyvin siedättyneeltä.

Onneksi pöydässä oli myös vähemmän tulisia paahtoleipiä, joita sitten nälkäämme rouskuttelimme pari pussillista. Ja paikallinen kahvikin oli yllättävän samankaltaista kuin koto-Suomessa.

- Ai niin, mitenkäs se jatkolento sinne Argentiinaan? muisti Teppo pahimman nälän haihduttua. - Taisimme siis jäädä kyydistä?

- Siltähän tuo vaikuttaa. Varmaan pitäisi yrittää uudelleen sinne suurlähetystöön, mietiskelin ja jatkoin englanniksi Arturolle:

- We must go to Finnish Embassy. Can you get us a taxi?

- Of course. But you not go.

- Why?

- Today Sunday. Embajada cerrada. Embassy closed. You go tomorrow. Today you see Mexico!

Tottakai suurlähetystö olisi sunnuntaina suljettu, nyökyttelimme. Neuvottelimme orkesterin kesken hetken matkamme saamasta käänteestä, ja Arturon ehdotus alkoi nopeasti vaikuttaa parhaalta toimintavaihtoehdolta. Argentiina odottaisi kyllä meitä päivän, eikä taatusti itkisi peräämme, kuten lentokoneessa kuulemassamme laulussakin oli todettu. Päätimme suostua tarjoukseen opastetusta turistikierroksesta.

- Okay. Show us some Mexico!

Arturo ilahtui ilmoituksestamme, ja hätisteli meidät takaisin olohuoneeseen, jossa soittimemme ja yön mittaan läpikahlatut nuottipaperit odottivat levällään. Hän viittilöi meitä odottamaan hetken ja valitsi sillä välin nuoteista kymmenkunta sellaista, jotka olivat aamuyöhän mennessä jo alkaneet meiltä sujua. Tiedusteluihini nuottien ja oman haitarini mukaanoton syistä Arturo vain hymyili arvoituksellisesti.

- Come. We go out.

Ja niin menimme ulos. Ja sisään Arturon talon edessä odottavaan, autenttisen ruosteenruskeaan Chevrolet Impalaan vuosimallia 1962. Ajopelin vaikuttavat mittasuhteet valkenivat meille, kun laskimme sen sisään juuri työntyneiden muusikkojen määrän. Arturo itse totesi vaatimattomasti pitävänsä tällaisista, hiukan isommista autoista. Toteamuksessa oli jotakin tahattomasti koomista, mies kun oli itse hädin tuskin 150cm pituinen. Edellispäivän kuplavolkkarikokemuksen jälkeen hitaasti keinahteleva kyyti tällä valtateiden risteilyaluksella kelpasi kuitenkin hyvin meillekin.

- Where are we going? kysyi Pena kyydistä haltioituneena, avonaisesta ikkunasta virtaavaa lämmintä tuulenvirettä kädellään tunnustellen.

- Today Sunday. Museum day! kuului iloinen vastaus ratin takaa.

YKSITOISTA

Jättimäisten lasiovien yläpuolella luki Museo Nacional de Antropolgía. Myöhemmin kuulimme, että tekstissä oli itse asiassa kirjoitusvirhe, viimeisen sanan piti kuulua "Antropología", mutta meksikolaiset eivät olleet oikeinkirjoituksenkaan kanssa kovin tarkkoja. Nykyinen teksti oli Arturon sanoin "mas ó menos" oikein, ja kauempana ulkona oleva, kiveen veistetty versio kolossaalisine kirjaimineen sentään virheetön.

Chapultepecin metsään vuonna 1964 valmistunut antropologinen museo ei ollut aivan pienimmästä päästä; museoalueen pinta-ala, 70.000 m2, vastasi kymmentä kansainväliset ottelut sallivaa jalkapallokenttää. Hyvin nopeasti oivalsimme koon johtuvan siitä, että Mesoamerikan - mikä se sitten ikinä olikaan - kulttuurihistoria oli laajuudeltaan, ajanjaksoltaan ja säilyneeltä esineistöltään aivan toista kokoluokkaa kuin omamme. Huittisten hirvenpään ja Antrean kalaverkon esittely tämänkokoisessa pyhätössä olisi ollut näiden sinänsä arvokkaiden kulttuuriaarteiden suurentelua.

Museon osastot esittelivät meille kulttuureja, joiden olemassaolosta emme olleet koskaan kuulleetkaan. Mayat olivat toki nimenä hämärästi tuttuja kansakoulusta, mutta atsteekit, tolteekit, olmeekit, sapoteekit ja totonaakit olivat meille täysin uusia kulttuureja. Suurin osa niistä tosin oli jo lakannut olemasta, ennen kuin espanjalaiset edes eksyivät uudelle mantereelle.

Arturo yritti kärsivällisesti selittää meille näiden kulttuurien eroja sekä kummallisia hahmoja, jotka esiintyivät eri kulttuureista kertovissa seinämaalauksissa. Tarinat atsteekkikuningas Moctezuman kirouksesta tai Quetzalcoatl-nimisestä jumalasta, jonka ilmiasu oli linnunsulkainen käärme, eivät kielitaitomme puutteellisuuden takia aivan kokonaisuudessaan meille kuitenkaan auenneet.

- Tuota... pitäisiköhän meidän mennä jonnekin muualle? keskeytti Rane Arturon selitysyritykset kiusaantuneen oloisena. Historia ei ollut kansakoulussakaan ollut hänelle mitenkään mieluinen aihe. Ainoa asia, mitä hän Pohjois-Amerikan alkuperäiskansoja käsittelevillä tunneilla muisti kuulleensa oli, että nämä olivat keksineet tupakan. Tällä tiedolla hän oli myös yrittänyt perustella välituntivalvojalle satunnaiset kessuttelunsa koululta linja-autoasemalle vievässä alikulkutunnelissa.

Saavuimme kierroksellamme olmeekkien osastolle, jossa näytti olevan käynnissä jonkinlainen mediatapahtuma. Isoissa seinäbanderolleissa luki teksti "Ofrenda 4". Keskellä huonetta olevaan, selvästikin väliaikaiseen lasivitriiniin oli kohdistettu useita valaisimia.

Vitriinissä paistatteli parisenkymmentä pienoisveistosta, joita innostuneesti esittelevä, partasuinen, tutkijantakkiin sonnustautunut mies puhuessaan osoitteli karttakepillä. Yleisössä oli selvästikin paitsi hänen tutkijakollegoitaan, myös lukuisia lehdistön edustajia; salamavalot räiskähtelivät tuon tuosta reporttereiden ottaessa valokuvia paikallaan pönöttävistä miniatyyrifiguureista. Ranesta ne muistuttivat hänen äitinsä kansalaisopistossa valmistamia savisia puutarhatonttuja, jotka eivät koskaan olleet päätyneet kenenkään puutarhaan.

Sivupöydillä näytti olevan myös tarjolla kaikenlaista pientä naposteltavaa, ja muistimme Arturon luona nauttimamme aamupalan jääneen laadullisesti melko vaatimattomaksi.

Emme kuitenkaan ehtineet enempää tutustua sivupöytien tarjontaan, koska Arturo työnsi meidät yhtäkkiä erääseen sivuhuoneeseen ja lukitsi oven perässään. Hänen ilmeensä oli edelleen iloinen, joten päättelimme kaiken olevan periaatteessa kunnossa. Myöskään huoneessa oleva, tummatukkainen neito ei vaikuttanut yllätysvieraistaan yllättyneeltä.

- Señores, este es Isabel; Isabel, nuestros amigos finlandeses, hoiti Arturo pikaisen esittelyn.

Isabel oli reilu parikymppinen, meksikolaiseen tapaan lyhyt, hiukan pyöreäposkinen ja värikkääseen hameasuun pukeutunut neiti, joka hymyili meille aurinkoisesti.

- Encantada! hän kajautti iloisesti ja muiskautti poskisuudelman ensimmäisenä kättään ojentaneen Tepon molemmille poskille. Teppo lehahti punaiseksi ja lennähti hämmästyksestä metrin verran taaksepäin.

Isabel ja Arturo vaihtoivat samanlaiset poskisuudelmat, ja koska tapahtumaan ei näyttänyt sisältyvän sen kummempia avioliittolupauksia, hoidimme Ranen ja Penan kanssa tervehtimisrituaalin vuorollamme, parhaamme mukaan luontevia näytellen. Poskisuudelma ventovieraalle näkyi vain olevan paikallinen tapa tervehtiä.

- No se nyt vaan tuli vähän yllättäen, kuittasi nolostunut Teppo tilanteen ja vaihtoi puheenaihetta: - Mutta mitä nämä mariachi-asusteet täällä tekevät?

Ikkunattomassa huoneessa olevalla pöydällä lojui todellakin kasa keskenään samannäköisiä, koristeellisia asuja; samanhenkisiä, joita olimme nähneet edellisiltana kuuntelemiemme mariachi-levyjen kansikuvissa.

- You like mariachis? Now you can be mariachis! Isabel ilmoitti, ja ryhtyi mittailemaan asusteita ja ojentelemaan sopivaksi katsomiaan meille.

Arturo selitti Isabelin olevan hänen hyvä ystävänsä, joka oli töissä antropologisessa museossa, ja jonka kontaktien ansiosta meille oli lyhyellä varoitusajalla järjestymässä mahdollisuus esiintyä tässä maineikkaassa rakennuksessa.

- Kunnon tanssimuusikkohan ei keikkakutsusta, varsinkaan naispuolisen esittämästä kieltäydy, kiirehti Teppo sanomaan ja kumarsi kohteliaasti Isabelin suuntaan. Tämä hymyili iloisesti ja kehotti ilmeillään Teppoa kokeilemaan päähänsä hopeanvärisin koristein kirjailtua, järkyttävän kokoista sombreroa.

Ymmärrettyämme pääsevämme kohta esittelemään edellisyön harjoittelumme tuloksia autenttiselle meksikolaisyleisölle aloimme muutkin innokkaasti sovitella lilanvärisiä paljeliivejä, rimpsuhousuja ja sombreroja yllemme. Isabel opasti asusteiden kiinnityksessä asiantuntevasti, ja huomasin sivusilmällä, että etenkin ujo kitaristipoloisemme oli vuoroin vaivautunut, vuoroin selvästi kiitollinen kaikesta huomiosta, jonka neiti hänelle soi.

Kesken kaiken huoneen oveen koputettiin. Keskeytimme sovituspuuhamme ja katsoimme kysyvästi Arturoa, joka oli nostanut etusormen huulilleen. Hän siirtyi ripeästi ovelle ja kuiskasi sen läpi:

- Estaban los tomatitos...

-...muy contentitos, kuului lauseen jatko oven läpi. Kuultuaan tämän, arvatenkin oikean tunnussanan Arturo hymyili ja avasi oven.

Tulija oli jälleen meksikolaisen oloinen mies, jolla oli yllään valkoinen farkkutakki ja samankuosiset housut. Näkymässä oli jotakin hyvin samaa kuin juuri kovaan suosioon nousseen musiikkielokuva Saturday Night Feverin mainoskuvissa. Edessämme oleva mies tosin oli John Travoltaa puolta lyhyempi ja hänellä oli viikset sekä suuret pilottilasit. Mutta silti kokemuksessa oli jotain hämmentävän samankaltaista.

- Hola Enrique, qué onda? kysyi Arturo mieheltä tuttavallisesti.

- Andale, cabrón, vastasi tulija vähintään yhtä tuttavallisesti. Sitten hän nosti huoneeseen oven takana odottaneet kantamuksensa. Hämmennyksemme, yllättävästi etenkin Ranen, vaihtui innostukseksi.

- Sehän on se läski basso!

Rane kiirehti ottamaan helmiäiskoristeisen guitarrónin vastaan ja alkoi innokkaasti tutkia sitä. Järkyttävän paksu kaikukoppa oli savolaismallisen soutuveneen pohjan muotoinen. Soitin oli selvästikin tarkoitettu lepäämään soittajansa sylissä ennemminkin 45 kuin perinteisessä 90 asteen kulmassa lattiaan nähden. Lisäyllätys Ranelle oli, että soittimessa oli nelikielisiin bassoihin verrattuna 50% enemmän kieliä. Eikä niiden virityskään ollut se, mihin Rane oli tottunut.

Basistiksi harvinaisen avarakatseisena muusikkona Rane vaikutti kuitenkin pian pääsevän virityksestä jyvälle. Arturo näytti hänelle nopeasti, että kielistä kahta piti soittaa yhtä aikaa, oktaaveissa, ja Rane siirtyi itseopiskelumoodiin.

Teppo puolestaan koppasi itselleen Enriqueksi nimitellyn vieraamme ojentaman nailonkielisen pikkukitaran, joka oli viidestä kielestään huolimatta onneksi vireeltään lähestulkoon perinteinen.

- Ukulele? kysyi Teppo.

- No, se llama vihuela, Enrique vastasi.

Kitarasta poiketen vihuelassa ei ollut lainkaan alempaa E - kieltä, ja diskanttipuolen H- ja E-kielet oli viritetty oktaavia matalammalle kuin kitarassa, mutta Teppo nyökytteli pääsevänsä kyllä sinuiksi soittimen kanssa. Sitten Arturo kuiskasi Enriquelle jotakin.

- Un momentito, Enrique nyökkäsi ja hävisi huoneesta hetkeksi. Palatessaan hänellä oli mukanaan minun Impalaan jättämäni harmonikka sekä kaksi trumpettia. Toisen trumpetin Arturo otti itselleen, toisen hän antoi kiitollisen oloiselle Penalle ja viittilöi tätä lämmittämään suukappaletta siihen puhaltelemalla.

Tässä vaiheessa olimmekin saaneet Isabelin hyväksyvästä nyökkäyksestä päätellen muodonmuutoksemme loppuun. Emme olisi ehkä valinneet lilanvärisiä koristeasuja normaalille lauantai-illan tanssikeikalle Syvinkisalmen työväentalolla, mutta tähän absurdiin tilanteeseen räikeät uniformut sopivat enemmän kuin täydellisesti.

- Viva los mariachis! huudahti Arturo meitä katsoen ja leveästi hymyillen. Hän kaivoi laukustaan tuomansa nuotit, ja nosti pöydälle "Las mañanitas"in ja "La cucaracha"n nuotit.

- Remember these? Let's play them now!

Vilkaisimme toisiamme ja nyökkäsimme Arturolle hämärästi muistavamme kyseiset kappaleet edellisillalta. Tunsin tarvetta esittää vastakysymyksen.

- Why?

Kysymys oli lyhyt, mutta mielestäni oikeutettu. Arturo vilkaisi meitä ja päätyi samaan tulokseen. Hän nappasi käteensä englanninkielisen näyttelyesitteen ja alkoi espanjanenglannillaan vaivalloisesti selittää meille keikan taustaa. Ymmärsimme sen suunnilleen näin:

Olmeekkien salin keskellä olevassa vitriinissä näkemämme pienoisveistoskokoelma oli nimeltään "Ofrenda 4". Muodostelma oli kaivettu esiin arkeologisissa kaivauksissa

Meksikonlahden tuntumassa joskus 1950-luvun puolivälissä, ja löytö oli ollut historiallisessa mielessä ilmeisen merkittävä. Niin merkittävä, että arkeologisissa kaivauksissa avustaneet "gringot", eli Washington DC:ssä majaansa pitävän museokeskus Smithsonian Instituten asiantuntijat olivat vieneet saman tien osan patsaista mukanaan Yhdysvaltoihin.

Kansallisesta identiteetistään samoihin aikoihin kiinnostuneiden meksikolaisten mielestä teko alkoi pian vaikuttaa ns. huonolta jutulta.

Nyt Instituutti oli tullut hakemaan kokoelmiinsa loputkin hahmoista, ja tapahtuma oli saanut suuren mediahuomion. Meksikossa oli ehditty jo kovasti kiintyä näihin omaleimaisiin figuureihin, eikä niistä luopuminen selvästikään ollut aivan kaikkien mieleen. Toisaalta Meksikossa etsittiin ja löydettiin jatkuvasti syitä juhlia, joten kansallisaarteiden lähtöseremonia ei kuulostanut lainkaan huonoimmasta päästä olevalta syyltä laittaa juhlat pystyyn.

Väkeä, valokuvaajia, ruokaa ja juomaa juhlissa jo selvästi olikin, mutta perinteinen meksikolainen mariachi-musiikki kuulemma vielä puuttui. Emme ihan ymmärtäneet, miksi suomalaisia muusikoita tarvittiin hoitamaan tuo perinteikäs juhlaseremoniaosuus, mutta olimme toki valmiita auttamaan meksikaaneja pulassa. Etenkin, kun Isabel ilmoitti haluavansa mielellään toimia orkesterimme laulajana, mikäli se arvon muusikoille vain kävisi. Arturo vakuutti Isabelin olevan varsin taitava mariachi-laulaja.

- Mikäs meidän bändin nimi mahtaa olla? kysyi silminnähden innostunut Pena käytännöllisesti, ja Teppo käänsi kysymyksen Arturolle englanniksi.

- Name? Well, let me see... yes! "Golpe del Toro"! That's it! We are the mariachi band "Golpe del Toro"!

Arturon ilmeisesti juuri keksimä nimi kalskahti komealta, ja kysyimmekin häneltä, mitä se mahtaisi englanniksi suurin piirtein tarkoittaa.

- In English? Well, ”un golpe” is like a ”smack” or a ”hit” if you like... and "el Toro" means of course "a bull". So, that makes "Golpe del Toro" a ... "Bull's hit"!

- "Bull's hit"? Maistelimme nimeä joukolla, ja se tuntui varsin osuvalta. Nyökyttelimme Arturolle hyväksyvästi.

- Fantastic! Ready? Odottamatta vastausta hän avasi oven suureen olmeekkisaliin ja laski huutaen: ”Uno! Dos! Tres!...”

KAKSITOISTA

Mariachi-perinteen voimaa ei usko ennen kuin sen näkee. En olisi lyönyt vetoa sen puolesta, että orkesterimme olisi kuulostanut oikealta mariachi-musiikilta, saati saanut aidon meksikolaisen yleisön hyväksyntää; mutta niin vain sain todeta noin kolmen tahdin verran kestäneen alkuhämmästyksen vaihtuvan iloisten ihmisten tanssiksi ja "Las Playas del Oriente" -kappaleen sanojen kovaääniseksi yhteishoilaukseksi. Tunnelma oli museon korkealla sijaitsevassa katossa jo alle puoli minuuttia yllättävästä esiintulostamme. Huomattavasti hitaammin lämpeävälle suomalaisyleisölle yleensä soittavina tiesimme oitis, että tämä kokemus kannatti painaa hiukan tavallistakin syvemmälle muusikon synkkään mieleen.

Kulttuurikameleonttimme Pena jaksoi yllättää; emme olleet tienneet hänen alakouluaikaisesta trumpettiharrastuksestaan mitään, mutta niin vain kaveri kajautti torvellaan hiuslisäkkeet ilmaan useammaltakin kutsuvieraalta, ja eläytymisessä ei ollut moitteen sijaa. Kaksiääniset trumpettistemmat kajahtelivat komeasti olmeekkisalin kovapintaisista betoniseinistä.

Muutenkin seurasimme halkaisijaltaan 95-senttisten sombrerojemme alta lumoutuneina menoa suureksi fiestaksi muuttuneessa museohallissa. Sivupöydille kasatut ruokaherkut hupenivat kovaa kyytiä, lattia täyttyi tanssijoista ja kaikkien huomio oli meidän osassamme salia. Julistetekstien perusteella La Ventan kaupungin lähistöltä, Tabascon osavaltiosta vuonna 1955 löydetyt, noin 800–700 -luvulta ennen ajanlaskumme alkua peräisin olevat olmeekkifiguurit sisältävä vitriini jäi huomiossa täysin toissijaiseksi. Sivusilmällä havaitsin jossain vaiheessa parin hahmon hääräävän lasisen kannen kimpussa kenenkään siitä sen kummemmin kiinnostumatta. Ja sitten minulla olikin jo kiire seurata soittimineni yllättäen kertosäkeeseen siirtynyttä laulusolistiamme.

Isabel oli kyllä varsin vakuuttava mariachi-laulaja, se minun täytyi vähäisillä tiedoillani kyseisestä musiikkityylistä myöntää. Tunteikkaimpien kappaleiden kohdalla näin paitsi Tepon, myös usean yleisön edustajan silmäkulman kostuvan liikutuksesta laulajattaremme vibraton värähdellessä. Nopeasti hän kuitenkin siirtyi kimakasti viheltäen tunneskaalan toiseen laitaan, jonne samainen yleisö häntä lammasmaisesti seurasi.

Keikkamme jatkui vielä muutamalla 6/8-tahtilajin revittelyllä, ja huolimatta lisääntyvästä riitasointujen määrästä tunnelma säilyi lähellä antropologisen museon suhteellisen korkealla sijaitsevaa kurkihirttä.

- Vámonos! Let's go! huudahti Arturo hengästyttävällä tempolla soittamamme "Viva Veracruz" -kappaleen loputtua, ja ymmärsimme, että utopistinen keikkamme oli ohi. Kumarsimme huimasti taputtavalle ja viheltävälle yleisöllemme ja poistuimme samaan sivuhuoneeseen, josta olimme tulleetkin.

Huoneessa halailimme toisiamme, kertailimme nauraen soitossa tekemiämme virheitä ja pudistelimme epäuskoisina päitämme juuri kokemamme spektaakkelin jälkeen.

Arturo kehotti meitä syömään huoneeseen tuotuja meksikolaisruokia ja näytti niistä vähiten tulisimmat. Maissiset tacot erilaisin liha- ja kanatäyttein tekivät hyvin kauppansa, etenkin kun löysimme chilipitoisten salsa roja- ja salsa verde - kastikkeiden sopivat annostelumäärät. Moctezuma Cuauhtémoc -panimon tuotteet muistuttivat kotimaista Lapin Kultaa ja sopivat annosten kyytipojiksi loistavasti.

Adrenaliinihuurujen vähitellen haihtuessa vaihdoimme Isabelin avustuksella yllemme normaalit vaatteemme ja pakkasimme soittimemme laukkuihinsa. Oma harmonikkalaukkuni vaikutti kuitenkin hävinneen huoneesta.

- Jätkät hei, mihin te minun laukkuni laitoitte? kysyin. Pena, Rane ja Teppo katselivat kysymysmerkin näköisinä ensin toisiaan, sitten minua.

- En ole koskenutkaan siihen, totesi Teppo ja muut osoittivat ilmeillään samaa.

Ovi aukesi, ja anteeksipyytävän oloinen Enrique ilmaantui haitarilaukkuni kanssa huoneeseen, ja pääsin pakkaamaan instrumenttini siihen. Soitin ei ollut ensin mahtua laukkuunsa, mutta Enriquen hanakasti avustamana haitari oli pian survottu kantovälineeseensä. Saman tien meksikaani tuuppasikin minua jo instrumentteineni kohti ovea.

Enriqueä ja Isabelia upeasta elämyksestä hätäisesti kiitellen poistuimme museorakennuksesta ja nousimme Arturon ulkona odottavaan Impalaan. Yleensä verkkainen ystävämme starttasi autonsa tällä kertaa välittömästi ja viittilöi Teppoa, joka viivytteli ovella Isabelille jotakin takellellen, kiirehtimään kyytiin.

Kääntäessään viidentoista neliömetrin kokoista autoaan Arturo joutui väistämään neljää poliisiautoa, jotka juuri kurvasivat museon pihaan. Emme jääneet seuraamaan niiden saapumista sen kummemmin, vaan sukelsimme iloisina México Cityn sunnuntailiikenteeseen.

- Tämmöistäkö se kulttuurilähettilään homma sitten on? Ei paha! intoili Pena.

- Tähän voisi vaikka tottua! Teppo säesti.

- Eikös meidän pitänyt oikeastaan soittaa suomalaista musiikkia ulkomaalaisille? kysyi Rane tapansa mukaan hiukan epäluuloisesti.

Yhtä kaikki, totesimme juuri tavallaan toteuttaneemme lähetystöneuvos Kuappisen meille antamaa kulttuurilähettilään tehtävää, joskin ehkä käänteisesti ja ehkä eri maassa kuin oli alun perin tarkoitus. Mutta isänmaan asialla joka tapauksessa oltiin.

Olimme kaikki muut keikan jälkeisessä, helpottuneessa euforia-tilassa, mutta Arturo vaikutti kumma kyllä hermostuneemmalta kuin ennen esiintymistä. Kysyin, oliko esityksessä jokin sittenkin mennyt pieleen.

- No, no, you fantastic! We all fantastic! Mariachi music fantastic! Arturo vakuutteli, samalla toistuvasti taustapeiliin vilkuillen. Käännyin itsekin vilkaisemaan ulos takaikkunasta. Jossain kaukana autojonon takana vilahtivat poliisiauton siniset vilkkuvalot.

- Isäntäämme taitavat hermostuttaa nuo perässä tulevat poliisit, virkoin muille suomeksi.

- Ei tainnut olla huviluvat kunnossa tuolla keikalla, arveli Rane. - Tai sitten muusikkojen liitto on lähettänyt poliisit perään, kun emme kuulu paikallisyhdistykseen.

- Tuskin täällä Meksikossa ollaan ihan niin järjestäytyneitä kuin Suomessa, tokaisi Pena.

Keskustelumme katkesi, kun Arturo kaarsi liikennevaloissa äkkiarvaamatta punaisia valoja päin vasemmalle ja ulos päätieltä, Anillo Periféricoksi hetki sitten muuttuneelta Paseo de la Reformalta. Impalan ahtaminen kovassa vauhdissa kapealle sivukujalle vaikutti sen verran haasteelliselta puuhalta, että päätimme antaa kuskillemme keskittymisrauhan. Itse keskityimme pitämään kiinni auton katonrajaan ripustetuista kädensijoista.

Yksisuuntainen katu oli muutenkin kapea, mutta lisäksi se oli täynnä molemmin puolin kadunvartta pysäköityjä autoja. Arturolla oli kädet täynnä töitä autonsa ohjastamisessa, eikä hän sanonut meille sanaakaan. Mekään emme kielitaidottomuuttamme osanneet pukea kysymyksiämme äkillisestä tempomuutoksesta sanoiksi. Vaikka reilun vuorokauden mittainen oleskelumme Uudessa Maailmassa oli ollut jo pullollaan kummallisuuksia, jotka olimme kunnon turistiasenteella tähän asti ehdoitta hyväksyneet, olisi meneillään olevasta kilpa-ajoepisodista ollut mukava tietää hiukan taustojakin. Päätin mielessäni panostaa matkalta palattuamme kielten opiskeluun huomattavasti aiempaa pontevammin. Jos selviäisimme takaisin.

Chevyn peltivanteet kirskahtelivat tuon tuostakin kuhmuraisiin katukiveyksiin, ja satunnaisia parvekekaiteilla kuivumassa olleita lakanoita jäi hetkeksi kiinni ajoneuvomme sivupeileihin. Eniten minua huolestutti kuitenkin jalankulkijoiden ilmestyminen kadun kulmista äkkiarvaamatta auton eteen. Onneksi Mexico Cityn sivukatujen asukit näyttivät tottuneen ajoittaiseen päättömään kaahailuun kotikulmillaan ja hypähtelivät ketterästi pois automme ajoreitiltä, eikä henkilövahinkoja ihme kyllä sattunut.

Vihdoin Arturo näytti päättävän, että hitaamminkin päivänsä ehtisi päättää, ja hölläsi kaasupoljinta. Hetken kääntyiltyään hän pysäytti auton erään lehtipuun suojaan ja jäi kuulostelemaan, oliko rallitaipaleellemme tunkemassa muita kisailijoita. Hiljaiselta vaikutti, etenkin miljoonakaupungiksi.

- Sorry for that, sanoi Arturo nyt meihin katsoen. - Fans very big problem here in Mexico. Now safe.

Olimme siis Arturon mukaan vain paenneet liian innokkaita faneja. Moinen suosio yllätti meidät täysin, vaikka tunnelma antropologisella museolla oli varsin riehakas ollutkin. Olo alkoi tuntua maailmantähdiltä. Tällaista pyöritystäkö Erkki Junkkarinen joutui alinomaa kokemaan?

- No eipä siinä mitään, vaihdetaan vaan puhtaat housut ja jatketaan matkaa, totesi Teppo luullakseni humoristisesti. Mutta jatkoi sitten vakavoituen: - Tai siis vaihdettaisiin, jos olisi vaihtovaatteet matkassa.

Palattuamme Arturon asunnolle yritimme selventää sekavaa asiaintilaa itsellemme esittämällä hänelle muutamia kysymyksiä. Sopiko meidän vielä oleilla hänen luonaan? Mitä seuraavaksi syötäisiin? Oliko meksikolaisessa ruoassa aina chiliä? Vastasiko keikkavetomme odotuksia? Ja jos, niin kenen? Entä miksi me ylipäätään olimme soittaneet siellä? Olivatko mariachi-puvut aina joko musta-, valko- tai lilapohjaisia?

Yhdistetty viittoma- ja englanninkieli toimi kuitenkin yllättävän heikosti nyt, kun olimme kanssakäymisemme evoluutiossa jo ohittaneet tavanomaisen tervehdykset-säätilat-ulkomaiset kirosanat -vaiheen. Ja vaikka kysymyksen formulointi olisi sinänsä onnistunutkin, kovin tarkkoja vastauksia emme isännästämme tuntuneet saavan irti. "Mas ó menos" vaikutti olevan meksikolaisille hyvin käyttökelpoinen vastaus kysymykseen kuin kysymykseen.

- No, huomenna sitten suurlähetystöön, huokaisi Teppo vaihtaen aihetta.

- Mahtaakohan siellä olla silloinkaan ketään paikalla, epäili Rane tavoilleen uskollisena.

- Joku paikka meidän täytyy kuitenkin löytää, mistä tavoitetaan neiti Näpsä. Muuten jäädään loppuiäksi tänne, järkeili Teppo.

Hiljennyimme hetkeksi miettimään viimeisen lauseen merkitystä. Mitäpä jos emme tosiaan poistuisikaan Meksikosta? Suupieli toisensa jälkeen alkoi kohota hymyyn itse kunkin kuvitellessa elämää miellyttävien lämpötilojen, hyvien ruokien ja iloisten ihmisten Meksikossa. Päätin lopettaa soittajakollegoitteni kasvavan innostuksen alkuunsa:

- Muistakaapas nyt, että olemme Suomen valtion kulttuurilähettiläitä, ja matkamme kustannetaan ymmärtääkseni verovaroista. On varmaan vähintäänkin kohteliasta, että yritämme suorittaa saamamme tehtävän loppuun asti. Hankkiutuminen edes oikeaan maahan voisi olla hyvä tapa aloittaa urakka.

Suupieli toisensa jälkeen lässähti takaisin alkuasentoonsa.

- Totta puhut. Argentiinaanhan oli tarkoitus päätyä? varmisteli Pena.

- Jep. Tulisten pihvien ja lankkutangon maahan, vahvisti Teppo lentokoneessa opettelemiaan paikallistietoja muistellen.

- Millaista sellainen tango muka on? tiedusteli Rane.

- No se on varmaan vähän niin kuin letkajenkka. Mutta tangona.

Puhelimen pirinä eteispöydällä keskeytti pohdiskelumme. Arturo nousi sohvalta ja laahusti vastaamaan siihen.

- Sí? Qué onda?...Pinche...Sale...sí...sí, sí, no te preocupes...Hasta luego.

Puhelu oli lyhyt jopa suomalaisen mittapuun mukaan, eivätkä kuulemamme sanat juuri avanneet se sisältöä meille. Jotenkin viestintä tuntui koskevan meitäkin, koskapa hetken mietittyään vakavoituneen oloinen isäntämme viittilöi meitä keräämään vähäiset tavaramme; olisimme siis taas lähdössä jonnekin.

- More sightseeing? kysyi Arturo, muttei jäänyt odottamaan vastaustamme, vaan nappasi autonsa avaimet eteispöydältä käteensä. Kiertue-elämään tottuneina muusikkoina kasasimme soittimemme ja muut kantamukset ja siirsimme ne ripeästi Arturon Impalaan, hänen hoputtaessaan meitä ja vilkuillessaan hermostuneesti ulko-ovelta kadulle. Meiltähän ei näemmä täällä mielipidettä juuri kyseltäisi. Kutsumattomina, mutta siitä huolimatta tähän mennessä erittäin hyvin pidettyinä vieraina emme toki tehneet asiasta numeroa.

Chevrolet rohahti pian käymään, ja automaattivaihteinen laivamme aloitti lipumisen pitkin Arturon kotikatua. Jostain kaukaa takaamme kuului lähestyvä hälytysajoneuvon ääni.

- Onpas poliiseilla vilkas sunnuntai, ihmetteli Pena.

- No jos tässä kaupungissa on viisi kertaa enemmän väkeä kuin koko Suomessa yhteensä, niin eiköhän niitä hälytystehtäviäkin riitä aika taajaan, totesi Teppo.

Sireenien ulvonta lakkasi samaan aikaan, kun kaarsimme Las Arboledas -kaupunginosakyltin ohitse kuusikaistaiselle, Querétaroon vievälle valtaväylälle. Tällä kertaa kuskimme valitsi kaistan, jonka yläpuolella ilmoitettiin tien vaihtuvan jossakin kohden Tolucaan vieväksi moottoritieksi.

Ilma moottoritiellä oli sinisenharmaa, eikä vähiten siellä parveilevista linja- ja kuorma-autoista johtuen. Kaikista oli ilmeisesti tehojen kasvattamiseksi poistettu turhan äänen vaimentimet ja muut hiukkassuodattimet. Mutta se mikä äänenvaimennuksessa menetettiin, korvattiin väriloistossa: raskaan liikenteen ajoneuvot oli koristeltu mitä mielikuvituksellisempien pyhimysten ja jumalten kuvilla sekä värikkäillä kaunokirjoitusteksteillä.

Kasvatetun moottoritehon tarpeen toki ymmärsi, kun huomasimme moottoritien nousevan kilometritolkulla loivasti ylöspäin - olimme ilmeisesti matkalla pois Mexico Cityn ja sen liepeille nousseiden hökkelikylien valloittamasta, vuoristojen väliin jäävästä laaksosta. Ainoa keino sieltä poistumiseen oli ylittää laaksoa reunustava vuoristo jostakin kohtaa.

- Nyt kun yhtään tietäisi, mihin ollaan menossa. Kyllä suomalainen keikkajärjestäjä sentään kertoo, jos motelli sijaitsee vähän kauempana itse tanssipaikasta, murahti Rane.

- No, kaipa se jossain vaiheessa selviää. Mutta hei, nythän ollaan kuin suomalaisella mäntykankaalla! ilahtui Pena.

Maisema oli todellakin muuttunut toisennäköiseksi. Männynsukuiset puut reunustivat jyrkkää rinnettä viistoavan moottoritien reunaa, ja ehkä korkeuseroa lukuun ottamatta näkymä oli kuin Kolin metsissä. Iltakin alkoi olla jo sen verran pitkällä, että aurinko paisteli metsikköön viistosti, uusia värisävyjä luoden.

Ja sitten olikin jo pimeää.

- Mitäs nyt tapahtui? Kuka niin sanotusti sammutti valot? tiedusteli Rane.

- Näillä leveysasteilla aurinko ilmeisesti laskee vähän rivakammin. Ei paljon kaamosmasennusta pääse syntymään, totesin tyytyväisenä omasta oivalluksestani.

Arturon tahtia pimeys ei kuitenkaan hillinnyt, päinvastoin. Olimme päässet vuoren toiselle puolelle ja alamäkeen kaartava tie vauhditti Impalan menoa. Ja vaikkei minkäänlaisia katuvaloja ollut, asfalttiin sekä tien keskelle että sen reunoille liimatut heijastimet näyttivät tien kaarteineen todella kirkkaana edessämme.

- Täkäläiset eivät taida joutua talvisin juuri lunta kolailemaan, arveli Teppo. - Meinaan ei olisi noista heijastimista Orivesi-Jyväskylä -tiellä helmikuussa paljoa iloa.

Kun kerroimme kysyvän oloiselle kuljettajallemme keskustelumme koskevan lunta, hän nyökytteli innokkaasti:

- Sí, hay nieve! We have snow! Here in Popo!

Vaivalloisen spanglish-keskustelun aikana meille selvisi, että jo Mexico Cityn keskustasta näkemämme vuori oli lähes viiteen kilometriin yltävä tulivuori Popocátepetl, jonka huippua lumi tosiaan talvisin koristi. Ilmeisesti muinaisen atsteekkilegendan mukaan "Popo" oli kuitenkin oikeasti jonkin sortin jättiläisprinssi, joka oli kauan sitten jähmettynyt paikalleen nähtyään mielitiettynsä, prinsessa Ixtazzihuatlin vaipuneen hänen baarikierroksensa aikana ikuiseen uneen. "Ixta" oli siis pääkaupunkia toiseksi lähinnä oleva vuorimuodostelma.

- Nämä meksikaanit vaikuttavat aikamoisilta tarinankertojilta, totesi Rane.

- No ei se välttämättä kovin huono juttu ole, mietti Pena. - Jääväthän tällaiset jutut aika lailla helpommin mieleen kuin vaikka oman kouluajan maantiedonkirjan kasvillisuusvyöhykkeet tai historiankirjan kuningaslistaukset.

Siihen ei ollut kenelläkään meistä vastaan väittämistä.

- Sitä paitsi näistä tarinoistahan voisi tehdä vaikka biisejä, innostui Teppo. - Itse asiassa tuokin juttu muistuttaa aika lailla sitä kappaletta, jolla se eräskin Taiska hiljattain voitti Syksyn Sävelen!

Ajoneuvoliikenne oli keskustelumme aikana harventunut, mutta muitakin Tolucaan menijöitä pimeällä tiellä vielä riitti. Matkatoverimme pitivät yllä myös kiitettävää meteliä; ainakin muusikon korva olisi kyllä arvostanut linja- ja kuorma-autoihin paikalleen jätettyjä äänenvaimentimia.

Arturo puikkelehti tottuneesti kaistojen välillä, Coca-Colaa ja muita terveyshyödykkeitä meksikolaislapsille rahtaavia rekkoja ohitellen. Aina välillä hän vilkaisi taustapeiliin, ja pikkuhiljaa hänen tummat kulmakarvansa putosivat tavallista syvemmälle.

- Pinche puto..., Arturo manasi.

- What is it? Robbers? kysyin häneltä; olihan selvää, että Meksikon kaltaisessa paikassa olisi runsaasti lännenelokuvista tuttuja lainsuojattomia.

- Worse, vastasi Arturo kuitenkin lakonisesti. Ihmettelin, mikä voisi olla bandiitteja pahempi vaihtoehto. - It's the police.

Arturon kommentti kuulosti poliisiin sokeasti luottavan suomalaisen korvaan oudolta, emmehän me mitään lainrikkojia olleet. Ja nähdäkseni Arturon kaasujalkakin oli painellut poljinta tällä matkalla varsin maltillisella määrällä Newtoneita.

Vasta paljon myöhemmin opin, että vaikka Meksikon poliisivoimat oli kooltaan varsin massiivinen instituutio, se ei välttämättä tarkoittanut sitä, että kansalaisilla olisi maassaan muita turvallisempaa. Poliisiksi kun saattoi ilmoittautua periaatteessa kuka hyvänsä, joka tarvitsi itselleen virka-asua ja -autoa, ja jolle edes pienen pieni peruspalkka oli tyhjää parempi. Niinpä peruspalkkaa pyrittiin aktiivisesti kohentamaan oma-alotteisilla liiketoimilla, joilla ei välttämättä ollut lainmukaisuuden kanssa sen enempää tekemistä kuin rikollistenkaan puuhilla. Poliisin toimesta katosi esimerkiksi jäljettömiin lähes yhtä paljon ihmisiä kuin huumeparonien.

Näitä kertomuksia kuunnellessani aloin arvostaa suomalaista TV-vaikuttaja ja poliisimies Ensio Itkosta entistäkin enemmän.

Takaisin tässä hetkessä ja Arturon Impalassa vilkuilimme takaikkunasta avautuvaa, autojen ajovalojen valaisemaa näkymää, joka vahvisti Arturon olettamuksen. Vilkkuvaloin varustettu ajoneuvo, tällä kertaa jokin muu kuin kupla-Vokkari lähestyi takaamme, tehden täsmälleen samat kaistanmuutokset kuin oma kuskimme.

- What now? Another chase? kysyi Pena valmistautuen innokkaasti jo toiseen kilpa-ajoon virkavallan kanssa samana päivänä.

- No, we stop, hämmästytti Arturo meitä kuitenkin pysäyttävällä vastauksellaan.

- Why? No guts? härnäsi Pena kuljettajaamme, silmin nähden pettyneenä.

- No gas, vastasi Arturo osoittaen näytön punaisella alueella lounaaseen sojottavaa bensamittaria.

Itsekseen kiivaasti tiuskien Arturo kaarsi auton moottoritien reunahietikolle; tässä kohdin tien reunassa ei ollut enää betoniporsaita estämässä ajoneuvojen eksymistä ryteikköihin. Chevrolet pysähtyi nytkähdellen, ja pian takaraivojamme valaisivat taaksemme parkkeeranneen poliisiauton ajovalot. Kaksi lierihattuista hahmoa nousi autosta ja asteli omaamme kohti. Arturo hikoili silmiinpistävästi.

- Buenas, tervehti toinen poliisihahmoista ikkunansa alas ruuvannutta Arturoa. Toinen silmäili taskulamppunsa avulla automme pohjaa.

- Ustedes que quieren? kysäisi Arturo poliisimiesten tarkoitusperiä happamasti.

Äänensävy ei ilmeisesti miellyttänyt lierihattuista, sillä hän viittasi Arturoa astumaan ulos autosta. Kyllästyneesti ähkäisten tämä tekikin työtä käskettyä ja läimäytti oven perässään kiinni. Vaikka ikkuna olikin auki, en saanut selvää, mitä tämän jälkeen käyty keskustelu piti sisällään. Rehellisesti sanottuna en olisi toki saanut sisällöstä selvää, vaikka olisin sen kuullutkin.

Tuokion kuluttua toinen poliiseista kääntyi meihin päin.

- Pasaportes, por favor.

Emme pitäneet ajatuksesta luovuttaa passimme ventovieraalle, joskin poliisivoimien edustajalle keskellä pimeää, metsittynyttä autiomaata satunnaisten rekkojen jyristellessä moottoritietä ohitsemme paikan hetkeksi valaisten. Kysyimme Arturolta katseellamme, kuinka toimia. Arturo kohautteli olkapäitään sen merkiksi, ettei meillä oikeastaan ollut vaihtoehtoja, ja oikeaa kättään vyöllään olevan pistoolinsa perällä pitelevä apulaispoliisi vahvisti tulkinnan oikeaksi.

- Ay, de Finlandia! ilahtui passimme käsiin saanut poliisimies. Pena ojensi kättään saadakseen henkilötodistukset takaisin, mutta lainvalvoja veti vihkoset kauemmaksi yrittäen samalla vaikuttaa astetta vakavammalta.

- Mitä se nyt oikein meinaa? kysyi Pena. - Kyllä passien pitäisi olla kunnossa.

Vilkaisin Arturoa, ja hän teki etusormellaan ja peukalollaan lähes huomaamattoman eleen, jonka tulkitsin tarkoittavan kansainvälisessä käsimerkistössä käteistä rahaa.

- Ei hemmetti, puuskahdin. - Tinatähti haluaa meiltä rahaa noiden passien palauttamisesta!

Pidimme seurueen suomalaisjäsenten kesken nopean kokouksen pohtien tilanteen saamaa käännettä ja neuvotteluasemaamme siinä. Neuvonpidon tuloksena kaivelimme taskuistamme jäljellä olevat, ryppyiset Yhdysvaltain dollarimme, ja Rane ojensi kertyneen nipun sheriffille.

- Seis dolares? Six dollars?? Poliisin tuuheat kulmakarvat kohoilivat epäuskoisesti. Hetken jo luulin, että hän ei ollutkaan lahjusten perään, mutta sitten ymmärsin, että kolehtimme summa ei vain aivan vastannut hänen odotuksiaan.

- Un momentito, uskaltautui Arturo tässä vaiheessa keskeyttämään, ja aloitti kiivaan selityksen espanjan kielellä. Lainvartijat vastasivat vähintään yhtä kiivaasti, tehostaen äänenpainojaan käsi- ja kokovartaloelein, ja kasvavan jännityksen vallassa seurasimme tätä lähestulkoon pimeässä ulkoilmateatterissa käytyä näytelmää.

Äkkiä toinen Arturon selityskäsistä lennähti apulaissheriffin lantiolla roikkuneen pistoolin perälle ja nappasi aseen kotelostaan. Hämmästyneet lahjuspoliisit huomasivat tuijottavansa oman aseensa piippua ja nostivat kätensä ylös. Yhtä hämmästyksistämme asioiden saamasta käänteestä mekin nostimme omamme.

- Not you, ärähti Arturo kuitenkin, ja palautimme kätemme alkuasentoon. Jos matkamme loppuisi, eroaisimme siis sentään ystävinä.

- Pasaportes, por favor! kierrätti Arturo hetkeä aiemmin kuulemaamme repliikkiä, kohdistaen sen tällä kertaa korruptoituneille poliisimiehille.

Myrtyneen oloiset poliisit ojensivat Tepolle passimme. Arturo tähtäsi parivaljakkoa ja vinkkasi Penaa katsomaan automme takakonttiin. Siellä oli muoviletku.

- Ilmeisesti seuraavaksi imaistaan poliisien bensat heidän tankistaan meidän tankkiin, arvasi Pena. - Vapaaehtoisia?

Rane murahti, että tämän pahempaan jamaan asiat eivät enää voisi mennä, joten hän voisi yhtä hyvin hoitaa homman. Hän ajoi poliisien auton omamme viereen, tunki letkun pään sen tankkiin ja alkoi imeä. Pieni korahdus letkussa kertoi, että polttoaine lähti liikkeelle, ja Rane suuntasi suihkun Impalan tankkiin. Sitten hän sylkäisi suustaan sinne asti jo ehtineen bensan.

Poliisit seisoivat toimituksen ajan vaiti. Kummankaan olemus ei enää kielinyt alkuperäisestä rehvakkuudesta. Olihan tuo hyvin ymmärrettävää: ennakoidut lahjusrahat olivat jääneet saamatta ja bensatankkikin tyhjeni hyvää vauhtia. Kun viimeinenkin tippa oli Chevroletissa, Arturo komensi miehet poliisiautonsa peräkonttiin. Kaksikolla ei ollut muuta vaihtoehtoa kuin sulloutua konttiin ja kuunnella, kuinka takaluukku pamahti kiinni vieden lopunkin valon.

Iloisesti virnistäen Arturo heitti poliisiauton etupenkille sekä äsken käsittelemänsä aseen että lahjukseksi tarjoamamme kuusi dollaria. Yhtään eläintä saati ihmistä ei ollut vahingoitettu episodin aikana, mutta jotenkin meistä tuntui, että takaisin ei enää ollut asiaa. Niinpä jätimme kiukkuisen kiristäjäkaksikon paukuttamaan poliisiautonsa peräkonttia sisältä päin ja jatkoimme matkaa pitkin pimeää valtatietä.

NELJÄTOISTA

Lähetystöedustuston oranssinvärinen Krups-kahvinkeitin korahti pitkään, viimeisenkin kahvitipan suodattumisen merkiksi. Neiti Näpsä poisti keittimestä suodattimen, tiputti sen roskakoriin ja asetti kaatokannen lasikannun päälle. Kuuden kupin keitin oli hankittu vastikään lähetystöneuvoksen käyttöön. Neuvoksen aamukahvien lisäksi sillä oli kätevä keittää nopeasti tarjottavaa 1-3 hengen seurueille, jotka milloin mistäkin syystä halusivat keskustella Kuappisen kanssa asioistaan kahden kesken, suljettujen ovien takana.

Sihteeri oli jo vuosia sitten oppinut olemaan utelematta toimistohuoneessa pidettyjen, epävirallisten tapaamisten aiheista sen enempää. Kahvi keittyi ja kelpasi vieraille, se riitti. Sitä paitsi yhteisestä aamukahvista oli kehkeytynyt hänelle ja lähetystöneuvokselle päivän mukavasti avaava, yhteinen rituaali. Niin tänäänkin. Hänen kaataessaan kahvia kahteen siniseen, keittiötasolla odottavaan Arabian Valencia-kuppiin toimiston ovi aukesi ja tukeva mieshenkilö huohotti sisään, kuten lukemattomina aikaisempinakin maanantaiaamuina juuri tähän aikaan.

- Huomenta! Onkos nuorista kulttuuriattaseoistamme kuulunut mitään? kysyi lähetystöneuvos Kuappinen riisuessaan sateessa kastunutta päällystakkiaan naulakkoon. Hän oli silminnähden hyvällä tuulella. Sunnuntain golf-kierros keskuskauppakamarin ylimmän johdon kanssa Talin kentällä oli sujunut hienosti, ja hänen tasoituksensa oli vihdoin laskemassa alle 30 pisteen.

- Ei vielä, vastasi neiti Näpsä. - Heidän lentonsa olisi pitänyt kyllä jo eilen laskeutua Buenos Airesiin. Ehkä paikallinen suurlähetystö ei vain sunnuntaina ehtinyt viestiä asiasta.

- Aivan. Pyhäpäivä on pyhäpäivä Argentiinassakin. Montakos tuntia se aikaero sinne suuntaan onkaan?

- Normaalisti sanoisin, että viisi, mutta koska siellä lienee siirrytty kesäaikaan, johon täällä miellä siirryttäneen vasta ensi vuonna, niin ero on nyt kai neljä tuntia. Tai mahdollisesti kuusi tuntia, kuinka päin se nyt sitten mahtaakaan mennä.

- Niin, kauhea soppa tämä kesäaika. Ulkoministeriössä tästä on väännetty jo niin pitkään, että minä nukun sen takia nyt jo huonosti, vaikka itse viisareita ei ole ropeloitu kertaakaan.

- Lähetystöneuvos ottaa nyt vain kahvia. Iltapäivällä sieltä varmaan kuullaan uutisia.

Kuappinen pyyhki sinänsä tervetulleen kesäsateen pisarat pyöreistä silmälaseistaan ja otti vastaan sihteerin ojentaman kahvikupin.

Aurinko jakeli säteitään Impalan kattoon jo korkealta, kun heräilimme. Kuljettajamme oli ilmeisesti ajanut auton jossain vaiheessa yötä yksinäisen kyläkaupan pihaan ja kuorsasi nyt äänekkäästi ohjaajan istuimella. Etäisyyttä peräkonttiinsa majoittuneisiin lainvartijoihin oli todennäköisesti riittävästi.

Pihaa peittävää ruskeaa hiekkapölyä oli laskeutunut automme tuulilasillekin, mutta erotin selkeästi edessämme olevan rakennuksen valkoiseen seinään maalatun tekstin "Centro comercial". Kaupparakennuksen ja auton välissä käyskenteli pari ruskeaa maatiaiskukkoa. Niiden nykivät niskat kääntyilivät uteliaasti kolmivarpaisten askelten tahdissa.

Valkoasuinen, yllättävän kurvikas nuori nainen ilmestyi rakennuksen sisältä kantaen hedelmäkoria. Hän sijoitti korin rivakasti kaupan oven viereen eikä vaikuttanut kovinkaan kiinnostuneelta seurueestamme. No, Meksikossa nyt oli muutama muukin ihminen seurattavana.

Meistä puolestaan alkoi yhtäkkiä tuntua siltä, että Meksikossa ei nimenomaan ollut kuin yksi ihminen seurattavana, nimittäin tämä kaupan kuistilla tepasteleva neitonen. Arturo oli selvästikin vähätellyt kuvaillessaan meille matkalla pyynnöstämme tyypillistä meksikolaista, kauniimman sukupuolen edustajaa keskenään samankuuloisilla adjektiiveillä "corta" ja "gorda", jotka tulkitsimme hänen käsiliikkeidensä perusteella tarkoittavan yhdessä kutakuinkin samaa kuin kotoinen termimme "persjalkainen". Ja oli toki myönnettävä, että edellispäivänä tapaamamme museotyöntekijä Isabel tarkemmin ajatellen vahvisti tätä mielikuvaa. Tepolle en tätä havaintoani ääneen sanonut, sen verran lämpimästi kaveri oli Isabelin tapaamista useampaankin kertaan illan mittaan muistellut.

Automme edessä tomerasti työskentelevä ilmestys oli kuitenkin kaikkea muuta. Meille iski äkillinen tarve käydä ostamassa kaupasta aamupalaa. Tai ihan mitä vain.

- Arturo, wake up! Riuhdoin kuljettajaamme käsivarresta herättääkseni hänet. Meillähän ei ollut minkään valtakunnan rahaa käteisenä, paikallisista pesoista puhumattakaan.

- What? More policemen? tiedusteli Arturo uneliaasti.

- No, we need money. To buy food, selitin hänelle nälästä kumpuavan rahantarpeemme.

Arturo kampeutui hitaasti istuma-asentoon ja hieroi silmiään.

- Ayy... que guapa la mañana! Y que guapa la chica! totesi Arturokin innostuneesti kauppaneidin nähdessään.

Nousimme kaikki autosta, oioimme ryppyisiä vaatteitamme ja kohensimme olemattomia jakauksiamme. Arturo loihti jostakin esiin normaalihiuksille selvästi liian lyhyen kammanpätkän ja suki sillä viiksensä suoriksi. Tomera kauppaneiti oli tällä välin saanut hedelmäkorinsa pinottua ulko-ovien molemmin puolin ja poistunut meihin vilkaisematta sisään kauppaan.

Katsoin liikkeen ulko-oven päälle naulatun kyltin tekstiä. "Centro comercial" oli vähintäänkin mairitteleva nimi tälle kioskin kokoiselle lähikaupalle keskellä hiekkapeltoa. Oli selvää, että koko seurueemme ei sisätiloihin luontevasti mahtuisi.

- No kukas menee kauppaan ja mitäs ostetaan? kysyi Rane. Hän halusi lakoniseen tapaansa näin muistuttaa, että käteisvaramme olivat siirtyneet edellisiltana Meksikon poliisien juhlarahastoon, eikä matkashekki välttämättä toimisi täälläpäin maksuvälineenä.

- No se varmaan riippuu siitä, mihin ollaan menossa, järkeili Teppo.

- Sitä taas ei taida tietää kuin tuo kuskimme, arveli Pena nyökäten Arturon suuntaan.

Arturo näytti arvaavan keskustelun kulun, tiesi laittamatta itse tikkua ristiin juuri vetäneensä pisimmän sellaisen ja lähti kohti kauppaa hymyillen meille leveästi: - Leave it with me, boys!

- Ai että hän menee, kun hänellä on liivit? mutisi Rane. - Epäreilua.

Riitelimme hetken lapsellisesti sitä, kenellä oli huonoin englanninkielentaito. Sitten poikamainen uteliaisuutemme sai voiton ja päätimme lähteä katsomaan aiemmin näkemäämme, viehkeää kauppatoimihenkilöä tarkemmin. Toisiamme tyrkkien saapastelimme ripeästi sisään kauppaliikkeeseen.

Liike oli yksi ainoa huone, jonka seinillä oli muutama lähinnä ruokatavaraa ja Coca-Colaa pursuava hylly, ja sen toisessa päässä oli kassakoneella varustettu myyntitiski. Tiskin takana oleva kaunotar nosti katseensa meitä kohti kysyvästi. Kurtussa oleva kulmakarva sopi hänelle, se täytyi myöntää.

- Que quieren? kysyi neiti. Haimme katseellamme isäntäämme Arturoa, joka ehkä parhaiten osaisi vastata kysymykseen.

Arturoa ei kuitenkaan näkynyt missään.

- Pojat, nyt täytyy pysyä rauhallisina. Ihan kuin silloin, kun soitettiin "Lähde Lappeenrantaan" -humppa Rautajärven Tapsan häissä, jotka olivatkin hautajaiset.

Yritin saada ääneni kuulostamaan vakuuttavalta, heikohkoin tuloksin. Meillä ei ollut aavistustakaan, missä päin Meksikoa olimme, ja ainoa henkilö, joka olisi voinut tuon tietää, oli hävinnyt.

No, huonomminkin olisi voinut olla. Meitä kysyvästi katsova meksikolaisneito oli oikein mukava ilmestys. Tunnelmaa hiukan tosin latisti haulikko, jolla hän osoitti meitä.

- Pojat, nyt täytyy pysyä rauhallisina. Ihan kuin silloin, kun soitettiin "Lähde Lappeenrantaan" -humppa Rautajärven Tapsan häissä, jotka olivatkin hautajaiset.

- Sanoit tuon jo kerran, mutisi Rane.

- Sanoinko? ihmettelin. - No sanopa sinä vuorostasi jotakin nasevaa. Aikookohan tuo muuten ampua?

- Sen kun osaisi kysyä, harmitteli Penakin. - Olisi tulevaisuudenkuva jotenkin selkeämpi.

Kauppiasneiti näytti saavan tarpeekseen jupinoistamme. Hän osoitti haulikollaan tiskin takan sijaitsevaa ovea ja viittoi meitä astelemaan siihen suuntaan. Teimme työtä käskettyä.

Teppo avasi oven ja astuimme kaupan pieneen takahuoneeseen. Ehtoisa emäntämme viittasi meidät istumaan hiekkaiselle maalattialle. Siellä olikin jo tuttu mies, poskeaan pidellen.

- What happened? kysyi Pena Arturolta. Arturo mulkaisi takaisin vihaisesti. Arvelin, että hän oli todennäköisesti ehdotellut topakalle kauppiasneidolle sopimattomia, jolloin tämä oli ensin läimäissyt meksikolaismachoamme poskelle, ja sen jälkeen teljennyt tämän haulikolla uhaten takahuoneeseen.

Asioiden ilmeisen etenemisen selviäminen poiki meiltä pienet naurunpyrskähdykset, haulikosta huolimatta. Nolostuneen oloinen Arturo tyytyi katselemaan huoneen nurkkia.

Tiukkailmeinen neiti alkoi motkottaa jotakin Arturolle, joka vastaili takaisin anteeksipyytävään sävyyn. Hetken kuluttua neiti antoi aseensa piipun vaipua kohti lattiaa. Huokaisimme kaikki helpotuksesta.

- Well? pyysi Pena tilannekartoitusta Arturolta.

- Well, boys, say hello to Carmén. Arturo käski meitä tervehtimään neitiä, jonka nimi oli siis Carmén.

- Hello, totesimme yhteen ääneen lammasmaisesti.

Kerroimme - tai Arturo kertoi - Carmenille edellisyön poliisiepisodistamme ja sen jäljiltä uudelleen koittaneesta tarpeestamme saada automme tankattua. Carmen vaikutti aluksi myötätuntoiselta hankettamme kohtaan, mutta kuultuaan, että käteisvaramme olivat virkavallan taskussa, tai ainakin sen etupenkillä, hänen ilmeensä synkistyi.

-_Esta es una tienda. No prestamos, ni regalamos cosas. Las vendemos.

Bensiinin lahjoittaminen tai lainaaminen ei siis tuntunut tulevan kyseeseen, se ei ikään kuin olisi neidin kaupankäyntiin perustuvan liiketoiminnan hengen mukaista.

- Mutta hei, muusikkoja kun ollaan, niin mehän voitaisiin rahoittaa bensaostokset katusoittamalla hetki tässä kaupan edessä, ehdotti Pena.

Nopea vilkaisu villiintyneiden pensaikkojen reunustamalle suoralle ei kuitenkaan tuonut kovin rohkaisevaa tulosta.

- Ja täsmälleen kuinka monta satunnaista ohikulkijaa näet pysäytettäväksi pieneen kolehdinkeräystuokioon? ynähti Rane happamasti, ja jatkoi vastausta sen kummemmin odottamatta:

- Pahuksen matkashekit, mitä niilläkin tekee?

- No vaikka maksaa kaikenlaisia ostoksia - sellaisissa paikoissa, missä ne käyvät, vastasin.

- Missäköhän on lähin sellainen paikka? kysyi Teppo.

Otin esiin paitani alle kaulapussiin kätkemäni matkashekkinipun ja yritin kääntää Tepon kysymyksen seurueemme paikallisjäsenille. Pikkuhiljaa tarkoitusperäni selvisi Carmenille, ja hän levitti pöydälle karttatelineestä nappaamansa matkailukartan. Tämä olikin tervetullut käänne, sillä matkailukartoilla tuntuu kautta maailman olevan se hyvä piirre, että niissä on aina runsaasti selittävää tekstiä myös englanniksi.

- Can she show us where we are? tiedustelin Arturolta, joka käänsi kysymyksen edelleen espanjaksi.

Carmen taisi liikkua kotiseudullaan enemmän muisti- kuin karttakuvien turvin, mutta hänen epämääräisestä viittilöinnistään selvisi sentään, että olimme jossakin Tolucasta Taxcoon vievän kapean tien varrella. Tien kapeus johtui siitä, ettei sillä karttaan merkityn harvan asutuksen perusteella ollut hirvittävästi käyttöä. Aika pian alkoikin näyttää, että lähin paikka, jossa matkashekit saatettaisiin tunnistaa käyväksi valuutaksi, olisi juurikin tien päätepiste, Taxco. Eikä sinne olisi ilmeisesti kuin parin peninkulman matka. Tai mitä mittayksikköä täkäläiset sitten puhekielessä käyttivätkään - metrijärjestelmään täällä oli sentään siirrytty jo sata vuotta aiemmin, mikä helpotti kokoluokkien hahmottamista.

Kartan matkailuesiteosuuden perusteella Taxco oli vanha hopeakaivoskaupunki, johon oli sattuneesta syystä kerääntynyt huomattava määrä hopeaseppäosaamista ja siten myös alan kauppaliikkeitä. Jollei hopeakoruja voinut siellä ostaa turistien suosimilla, dollaripohjaisilla matkashekeillä, niin ei sitten mistään.

- Entonces, a Taxco. Vámonos! hoputti Arturo meitä liikkeelle määränpään selvittyä.

- Äijä taisi jo unohtaa, että menovesi on loppu, totesi Teppo. - No gasoline! hän jatkoi englanniksi Arturolle, joka alkoikin välittömästi maanitella Carmenia yhteistyöhön.

Kiivastahtisen keskustelun aikana tarkastelimme muina miehinä kaupan irtaimistoa, ja onnistuimmekin pelastamaan muutaman posliiniastian ja seinäkaakelin kohtaamasta toisiaan liian kovalla nopeudella, kun Carmen osoitti, mitä mieltä hän Arturon tekemistä ehdotuksista oli.

Härkätaistelijan sinnikkyyttä osoittaen Arturo jatkoi kuitenkin neuvotteluaan, ja lopulta Carmen lupautui tankkaamaan autoomme Taxcoon asti riittävän määrän bensiiniä - mutta ilmoitti tulevansa mukaamme vahtimaan, että matkashekkien vaihto pesoiksi sekä niiden siirtyminen hänen lompakkoonsa sujuisi ilman yllätyksiä. Sanojen painoarvoa lisäsi se, että hän ilmoitti ottavansa haulikkonsa mukaan.

Suunnitelma kuulosti kaikkien mielestä parhaalta siihen asti esitetyistä, joten sullouduimme kaikki Arturon autoon odottamaan, että hän saisi Carmenin ojentaman jerrykannun sisällön valutettua Impalan ahnaaseen nieluun.

Auton lasti oli jo melkoinen; sisälsihän se viiden mariachi-wannabe-muusikon lisäksi nyt myös kurvikkaan meksikolaisneidon, joka ei näyttänyt pahemmin hämmästyvän tavaratilaan ja sisätiloihin sullottuja soitinlaukkujakaan. Ilman hänen kädessään tönöttävää haulikkoa tunnelmaa sisätiloissa olisi saattanut kuvailla jo hiukan intiimiksikin.

KUUSITOISTA

Meksikon hopeapääkaupungin jyrkkien rinteiden valkoseinäiset, tiilikattoiset rakennukset kylpivät paahtavassa auringonpaisteessa. Hyvätuloisen oloisia turisteja pyöri keskustan hopealiikkeiden sumassa kotiin viemisiä vertaillen, ja autokuntamme vaikutti pölähtäneen paikalle lähinnä luomaan kontrastia tähän hopeankimalteiseen maailmaan.

Carmén muistutti meitä hyväntahtoisella haulikon heilautuksella tehtävästämme. Matkan jatkaminen autolla osoittautui kuitenkin haasteelliseksi. Taxcon kadut olivat paitsi muhkuraisia, jyrkkiä ja kapeita, myös täynnä suomalaisen parkkipirkon näkökulmasta ilahduttavan työllistävästi parkkeerattuja ajoneuvoja. Enimmäkseen nämä olivat kupla-volkkareita, "bocho"ja, jotka olivatkin selkeästi seudulle omaa, pitkää ja leveää lullaamme sopivampia kulkuneuvoja.

Parkkeerasimme siis Chevymme Vicente Guerreron puistikon viereiselle, pienelle mukulakiviaukiolle ja lähdimme etsimään matkamuistomyymälää, jossa vaihtaa matkashekkimme rahaksi. Tai oikeammin, minä ja Arturo lähdimme; Carmén kertoi meille kevyellä kulmankurtistuksella, että muiden oli syytä pysyä hänen kanssaan autossa. Neidin omassa luottamusasteikossa sijoituimme ilmeisesti vielä jonnekin autokauppiaan ja poliitikon välimaastoon.

Koppalakkinen poliisi ohjaili laiskasti liikennettä, eikä vaikuttanut kiinnittävän meihin sen kummempaa huomiota. Autoilijat puolestaan tuntuivat olevan pahemmin välittämättä hänen liikenteenohjauksestaan, joten kaikki silmieni edessä lipui verkkaisesti soljuen omaan suuntaansa.

Keskusta-aukiota, zocaloa, kohti rakennusten ulkoasu koheni ja kauppaliikkeiden lukumäärä lisääntyi.

- Let's try this one, sanoi Arturo osoittaen parin kadunkulmauksen jälkeen eteemme ilmestynyttä oviaukkoa.

Sukelsimme sisään El Abuelito -nimiseen hopeamyymälään, jossa kävi liikkeenharjoittajan kannalta positiivinen kuhina. Toinen toistaan kiiltävämmät hopeariipukset vaihtoivat kassalla omistajaa, ja rahoistaan eroon pääsemiseksi kassalle joutui hetken jonottamaan.

Omalla vuorollani kaivoin kaulapussistani sinne taittelemani matkashekin esiin. Henkilökunta teki kuitenkin nopeasti selväksi, että saadakseni vaihdettua matkashekin rahaksi joutuisin itsekin ostamaan paikasta jotakin. En halunnut kuitenkaan luovuttaa vaivalla jonottamaani palveluvuoroa, joten yritin kuumeisesti vilkuilla viereisten lasivitriinien artikkeleissa roikkuvia, useiden nollien täyttämiä hintalappuja. Vitriinit eivät sijainneet paikoillaan selvästikään heräteostoksia varten.

Muistin, että hiukan ennen Suomesta lähtöämme olin saanut kutsun ryhtyä erään tuoreen sukulaisvauvan kummiksi. Vanha perinnehän Suomessa oli, että kummilapselle ostetaan kummilusikka - sellaista siis tiedustelemaan. Meksikolainen kauppa-apulainen ei ollut moisesta perinteestä kuullutkaan, mutta "asiakas on aina oikeassa"-periaatteesta ilmeisesti kyllä. Niinpä hän nosteli tiskille muutaman näyttävän hopealusikan.

Kaikissa oli merkintä 925, jonka Arturo supatti minulle viittaavan tuotteen erittäin korkeaan, 92,5-prosenttiseen hopeapitoisuuteen.

Valitsin lusikoista mielestäni sympaattisimman ja onnittelin itseäni tulevan kummilapsen muistamisesta jo etukäteen. Arturo nykäisi lusikan viereen jostakin myös päivän lehden ja elehti maksavamme senkin. Tyydyin nyökkäämään hänelle hyväksyvästi, ehkä Arturo kaipaisi jossakin vaiheessa ajanvietettä lukemisen muodossa.

Yhden lipukkeen matkashekki vaihtui allekirjoitukseni laillistamana suureen nippuun enemmän tai vähemmän repaleisia, tuhansien pesojen arvoisia seteleitä. Arturo ohjeisti minua sijoittamaan nipun housujeni etutaskuun, ei missään nimessä löysästi takataskussa roikkuvaan lompakkooni, kuten olin jo tekemäisilläni.

- It is the Finnish style, yritin perustella takataskusijoittelua, mutta Arturo pyöritti sekä silmiään että päätään huomautukselleni epäuskoisesti. Mukavan kansan seassa liikkui ilmeisesti myös vähemmän mukavia taskuvarkaita.

Palasimme autolle, jossa tunnelma oli jo ennen muutaman setelin siirtymistä Carménin käteen selvästi astetta tulomatkaa rennompi. Pena oli mitä ilmeisimmin saanut takaisin sekä puhe- että supliikkikykynsä ja Carmén kommentoi hänen kommunikaatioyrityksiään haulikonliikkeiden sijaan kevyillä naurahduksilla. Rumpalillamme oli selvästi jo aiemminkin noteerattua kielipäätä, ja hän tuntui motivaation ollessa kohdillaan oppivan paikallista sanastoa lähes hengästyttävää tahtia.

Vilautin Carmenille hopealiikkeestä saamaani setelinippua. Tämä nyökkäsi, nollia oli papereissa ilmeisesti riittävä määrä.

- Regresamos? kysyi Arturo. - We go back?

- Vamos por tacos primero, no? ehdotti nyt jo huomattavasti iloisemman oloinen meksikolaisneitomme.

- Neiti ehdottaa, että söisimme ensin, käänsi Pena.

- Edellisestä ruokailusta onkin jo tovi, myönsi Teppo. Ehdotus taco-ostoksista hyväksyttiin ilman äänestyksiä.

Aukiolla oli parikin paikalle vedettyä taco-kärryä. Sianlihatäytteiset tacot tuoksuivat jo pitkälle ja pian katselimme vesi kielellä niiden syntymistä silmiemme alla.

- Eiköhän kymppitonnilla jo saa muutaman tacon, arveli Pena ja teki tilauksen puolestamme. Nico-niminen kokki teki työtä käskettyä ja ojenteli kuumia maissitortilloja ryhmällemme sitä mukaa, kun sai niitä täytettyä lihalla ja maustettua chili-salsalla ja vihreällä cilantrolla. Sormin syöminen alkoi sujua suomalaisiltakin.

- Panza llena, corazón contento, totesi Arturo ja taputteli tyytyväisenä napa-alueitaan. Vatsat täynnä ja sydämet tyytyväisinä kierimme kaikki takaisin Chevyyn.

Arturo käynnisti auton ja pomputti sen mukulakivilabyrintistä takaisin kohti keskustassa kiemurtelevaa pääkatua. Isoa Impalaa ei ollut selvästikään suunniteltu Taxcon kaltaisiin koukeroisiin rinneteihin, ja tuon tuosta saimme kuulla Arturon tiuskaisevan tiellämme oleville samantyylisiä "pinche" sitä ja "pinche" tätä -kommentteja kuin taksikuskimme Mexico Cityn kanssa-autoilijoille toissapäivänä.

- Jaha, alkaa tämänkin termin merkitys pikkuhiljaa valjeta, ilahtui kielineromme Pena. - Pinche Taxco! hän huudahti ikkunasta, ja sai meksikolaismatkustajiltamme osakseen hyväksyvät "Andale!"-huudot. Valkoisiin lännenhattuihin sonnustautuneet paikalliset isännät sen sijaan mulkaisivat Penaa terassipöydästään vähemmän kannustavin ilmein.

Pikkuhiljaa löysimme reitin takaisin Carménin erämaakaupalle johtavalle tielle. Väylät levenivät ja oikenivat. Mukulakivet muuttuivat ensin öljy-, sitten pelkäksi soraksi. Ihmiset ja hökkelit ympärillämme vaihtuivat kiviin ja kaktuksiin. Aurinko paistoi, ja meksikolais-suomalaisella roadtrip-seurueellamme oli rahaa, bensaa ja soittimia. Ei hassumpaa vaihtelua muutaman päivän takaisiin hyttyspuskiin koto-Suomessa.

Kilometrit taittuivat. Osin jopa hilpeäksi käyvä tunnelma autossa seisahtui kuitenkin yhdessä ajoneuvon kanssa noin sata metriä ennen Carménin kyläkauppaa.

- Mierda, sihahti Arturo hampaidensa välistä. Seurasimme hänen katsettaan kohti suoran päässä kyhjöttävää kaupparakennusta. Hiekan sotkemalla pihamaalla oli parkkeerattuna kaksi mustaa, tummennetuin lasein varustettua, isoa amerikanrautaa. Kaupan ovi lennähti auki, ja kolme hahmoa ryntäsi rakennuksesta ulos, heittäytyen välittömästi autojensa taakse suojaan.

- Miksi nuo piiloutuu? ehti Teppo huudahtaa, juuri kun koko puoti räjähti ilmaan.

- Herra lähetystöneuvos, sanoi neiti Näpsä koputtaen Kuappisen toimistohuoneen ovenpieleen. Kuappinen pyyhki kampaviineristä irronneet lehtitaikinan muruset leveältä solmioltaan ja katsoi kysyvästi sihteeriään.

- Sain juuri telexin Buenos Airesista. Kulttuurilähettiläämme eivät ole ilmestyneet sinne sovitulla lennolla.

- No mitä hemmettiä? Ollaanko siellä oltu väärää konetta vastassa? Vai vain sokeita?

- Siitä ei varmaankaan ole kyse. Selvitin jo lentoyhtiöltä, että muusikoillemme hankitut lentoliput México Citystä Buenos Airesiin on jätetty käyttämättä. Lontoosta Atlantin-ylilennolla Meksikoon he ovat vielä olleet mukana, ja saapuneet maahan passintarkastuksen kautta aivan normaalisti.

- No johan nyt... tietääkö Meksikon suurlähetystö heistä mitään?

- Otin jo vapauden laittaa heille tiedustelun asiasta telexillä. Odotan vastausta sieltä hetkenä minä hyvänsä.

Kuin käskystä viereisen huoneen telex-laitteesta alkoi kuulua rapinaa. 5-bittiset koodit tulostuivat merkeiksi paperille yksi kerrallaan. Menetelmän nopeuden tuntien neiti Näpsä ei pitänyt kiirettä siirtyessään kaukokirjoittimen ääreen ja alkaessaan tulkita sen englanninkielistä sisältöä Kuappiselle.

- Kyllä, se on Meksikon suurlähetystöstä, hän totesi ensimmäisen lauseen tulostuttua.

Laitteesta kuului lisää rapinaa ja vinkunaa. Sihteeri tuijotti esiin ilmestyviä kirjaimia, ja hänen oikea kulmakarvansa kohosi vaivihkaa sitä mukaa, kun merkit muuttuivat kokonaisiksi lauseiksi.

- Tämän mukaan autonkuljettaja, jonka on ollut määrä hakea muusikkomme México Cityn lentokentältä on löytynyt tänä aamuna köytettynä autonsa takakontista.

- Ohhoh, ovatkos poikamme heittäytyneet väkivaltaisiksi? Niin mukavan oloisia nuoria miehiä kun täällä käydessään olivat, ihmetteli Kuappinen.

- Ei siltä vaikuta, kiirehti sihteeri oikaisemaan, yhä tulostuvaa tekstiä seuratessaan. - Autonkuljettaja ei ole kuulemma suomalaisvieraitaan nähnyt lainkaan. Tosin peräkontista käsin se lienee aika vaikeaa. Mutta ei heillä mielestäni olisi mitään syytä ollut autonkuljettajaa muiluttaa. Kyse on varmaankin vain paikallisesta rikollisaktista. Sattumanvaraisesta ryöstöstä tai sen sellaisesta.

- Aivan, ei kai huono tuuri ole meidän suomalastenkaan yksinoikeus. No mutta kyllä kai tanssimuusikkokin osaa sentään taksin tilata? Ovatko he siirtyneet Meksikon Suomen-suurlähetystöön omin kyydein? Etteköö te sanonut, että lähetystön piti hoitaa välilaskun aikainen majoittuminen?

- Hetki vain, viesti jatkuu... jaha, myöskään lähetystöllä ei ole tietoa heidän olinpaikastaan. Henkilö, jonka piti heidät välilaskun ajaksi ottaa huostaansa...

Kaukokirjoitin piti hetken taukoa, mutta jatkoi sitten viestin välittämistä kirjain kerrallaan.

- ...on löytynyt samaisesta takakontista.

- No ainakin nyt tiedämme, että sielläpäin on autoissa isot takaluukut, totesi Kuappinen mietteliäänä. Viesti ei ollut ollenkaan sitä, mitä hän olisi juuri nyt halunnut kuulla. Neljä hänen nimeämäänsä kulttuurilähettilästä teillä tietymättömillä toisella puolella maailmaa ei kuulostanut hyvältä.

- Ei tämä nyt aivan sattumanvaraiselta ihmisten peräkonttisijoittelulta kylläkään vaikuta.

Kaukokirjoitin piippasi uuden lähetyksen merkiksi.

- No mitä nyt vielä? Toivottavasti sieltä ilmoitetaan, että edellinen viesti liittyi johonkin meksikolaisen aprillipäivän tapaiseen.

Tuskastuttavan pitkän odottelun jälkeen neiti Näpsällään oli edessään lisää uutisia Meksikosta.

- Tuota, olettehan nauttinut verenpainelääkkeenne tänään? hän tiedusteli lähetystöneuvokselta. Tämän punakasta naamasta ei voinut asiaa päätellä, joten hän päätti kääntää loputkin viestistä suomeksi.

- Meksikon Antropologisella museolla on sattunut eilen jonkinlainen välikohtaus, jonka yhteydessä sieltä on hävinnyt joitakin arvokkaita kulttuuriesineitä. Suurlähettilään mukaan tämä voi nyt olla puhdasta spekulaatiota, mutta kuulemma tanssiorkesteriimme soveltuvan kuvauksen mukaista ulkomaalaisjoukkoa etsitään siellä nyt oikein poliisivoimin, epäiltynä ryöstöstä.

- Saiskos vähän selitystä? kysyi pitkään hiljaa pysytellyt Rane lakonisesti. Me muut olimme yhä hämmästyksestä mykkinä. Ainoa, joka teki jotain, oli Arturo, joka oli välittömästi räjähdyksen tapahduttua tehnyt tiellä U-käännöksen ja lähtenyt kaasuttamaan täyttä vauhtia takaisin kohti Taxcoa.

- Mi tienda...sopersi juuri kauppaliikkensä menettänyt Carmén epäuskoisena, lautasiksi laajenneet silmät tyhjyyteen tuijottaen. Sitten hän terästäytyi.

- Que pasó? Que demonios fue eso?! Hän suuntasi kysymyksensä asiain tilasta Arturolle ja tehosti tiedusteluaan syistä tapahtumien saamaan käänteeseen painamalla haulikon piipun tämän takaraivoon. - Cuentame, cabrón!

Vilkaisin takaikkunasta ja näin niiden kaupan pihalla olleen kahden mustan auton lähteneen seuraamaan meitä. Mitä ihmettä nämä toisiaan seuraavat takaa-ajot oikein merkitsivät? Tokihan suomalaiset olivat rallikansaa, mutta joku selitys autourheilulle olisi mukava kuulla.

- Espera. Wait, nieleskeli Arturo keskittyen hallitsemaan auton täydessä nopeudessa. Suuttunut meksikotar ei kuitenkaan vaikuttanut halukkaalta odottamaan vastausta, vaan painoi haulikkoa tiukemmin kuskimme niskaan.

- El acordeón. Tú instrumento, mutisi Arturo vilkaisten minua. Miten haitarini mihinkään liittyi? Hän elehti kuitenkin, että meidän tulisi avata haitarilaukkuni.

- Pena, kaiva mun laukkuni esiin. Tyyppi haluaa, että avataan se.

- Tässä nopeudessa? Haluaako se kuunnella haitarinsoittoa? Ei millään pahalla, mutta ei tää nyt miltään Timo Mäkiseltä vaikuta. Noinkohan se pystyy ajamaan tätä vauhtia samalla kun Säkkijärvi raikaa oikeasta korvasta sisään?

- Aukaise nyt vaan se laukku. Se taitaa tosiaan olla selitys kaikkeen tähän kaahailuun.

Muistin ihmetelleeni, kuinka vaikea harmonikka oli ollut Antropologisen museon keikan jälkeen saada mahtumaan koteloonsa, aivan kuin siellä olisi ollut jotakin muutakin.

- Kato sinne väliseinäkankaan taakse, onko siellä mitään.

Pena teki työtä käskettyä kiihtyneen naisjäsenemme tasapainoillessa odotuksen ja kostotoimenpiteiden kuilun reunalla.

- Mitä nämä täällä tekee? ähkäisi Pena kaivaessaan esiin neljä kappaletta edellisen kerran museon lasivitriinissä näkemiämme pienoispatsaita. Parikymmensenttiset olmeekkifiguurit tuijottivat meitä suut auki, ja jotenkin kovin syyllistävän oloisina.

- Eikös noiden pitänyt siinä tilaisuudessa nimenomaan siirtyä Meksikon pohjoisen rajanaapurin omistukseen? huomautti Teppo, osoittaen täysin hyväksyneensä taannoisen maantieteellisen väittelymme lopputuloksen.

- Josta meksikolaiset eivät olleet kovinkaan innoissaan, nyökkäsin.

- Eli he päättivät hävittää seinäkukkasensa jenkkien näkyvistä, ja valjastivat suomalaiset tanssimuusikot hoitamaan homman! Muuten hyvä, mutta nyt ne jenkit ovat ilmeisesti meidän perässä noilla kahdella autolla!

- Rauhoitu hyvä mies, tyynnytteli Pena Teppoa. - Onhan tämä meidän kuski jo aika hyvin aiemminkin karistellut perskärpäsiä meidän kannoilta, onnistuu varmaan tässäkin.

Arturo vilkaisi meitä ja huomasi, että olimme oivaltaneet, mistä on kyse. Carménin liipasinsormi puolestaan alkoi nykiä sen verran levottomasti, että päättelin Ofrenda 4 -patsaiden sivuutetun melko vähäisellä huomiolla Pilcayan Uutisissa, tai mikä hänen paikallislehtensä sitten olikaan. Kannustin nyökytyksin Arturoa kertomaan taustatarinan mahdollisimman nopeasti ex-kauppiaallemmekin.

Kiihkeähenkinen lauseidenvaihto meni sanastoltaan ohi ravintolaespanjan, mutta olimme päättelevinämme, että Carmén ei muitta mutkitta niellyt arkeologisia objekteja kelvolliseksi syyksi räjäyttää hänen elinkeinonsa taivaan tuuliin. Sievän etusormen ote haulikon liipaisimen ympärillä kuitenkin näytti hellittävän, ja Arturo sai yhden huolen verran enemmän pelimerkkejä keskittyä takaa-ajajiemme karistamiseen.

Saavuimme sopivasti tasangon suorilta mutkaiseen vuorensolaan, jossa kiemurtelevalle tielle olisi Suomessa pystytetty vähintään kunnon kaiteet, ellei peräti ajokieltomerkkejä. Täällä tie sai sen sijaan kiemurrella 180 asteen mutkineen ilman ajolinjoja turhaan rajoittavia rakenteita.

- Maisemat olisivat kyllä vaikuttavat, jos vain uskaltaisi katsoa, sanoi Pena.

- Järki käskee pitää silmät kiinni, irvistin.

Vauhtia oli suoraan sanoen järjettömästi, ja Arturon Impala heittelehti rajusti mutkiin luisuessaan. Nyt ei kukaan autossa olijoista enää kommentoinut mitään, vaan piti kiinni kuka mistäkin. Yksilönvapautta rajoittavia turvavöitä ei Arturon selvästikin ennen vuotta 1972 valmistettuun autoon ollut vielä asennettu.

Neulansilmämutkat seurasivat vauhdilla toistaan, kuten myös takanamme vyöryvän hiekkapilven sisällä puskevat mustat autot. Välimatkan hetkeksi lyhentyessä erotin lähimmän auton rekisterikilven poikkeavan paikallisesta formaatista, ja arvelin sen olevan Tepon oletuksen mukaisesti yhdysvaltain puolelta. Rikollisten lisäksi myös amerikkalaisilla tiedustelupalveluilla oli Jerry Cotton -lehdistä lukemani mukaan tapana toimia luovasti rajojensa ulkopuolellakin, mutta minulla ei ollut mitään halua pysäyttää etenemistämme kysyäksemme, mitä kolmikirjaimista tahoa perässä roikkujamme mahdollisesti edustivat.

- Cuidado! kirkaisi Carmén pohjattomalta vaikuttavan rotkon vilahtaessa hetkeksi näkyviin auton sivuikkunasta. Hikoileva Arturo onnistui kovalla nykäisyllä oikaisemaan auton takaisin mutkatielle. Chevroletin löysät jouset jäivät heittelemään autoa matkustajineen sivulta toiselle. Pena sai kämmenensä Carmenin pään ja auton sisäpalkin väliin estäen näiden kahden kohtalokkaamman törmäyksen.

Perässähiihtäjillämme ei sen sijaan käynyt samanlainen tuuri: liian ahnaasti välimatkaa kiinni kuronut, ensimmäinen auto arvioi kaarrenopeutensa väärin ja solahti kivikoiden reunustamaan tyhjyyteen. Epäuskoisen hetken ajan näkymä takalasissa oli kuin mistä tahansa postikortista, eikä kukaan meistä pystynyt sanomaan sanaakaan.

Jälkimmäinen auto rikkoi kuitenkin maisemaidyllin ilmestymällä rajusti mutkan takaa näkymään. Sen kuljettaja oli nähnyt tarpeeksi ehättääkseen väistämään saman vaaranpaikan, ja kiihdytti arvatenkin entistä suivaantuneempana peräämme. Ennestäänkin vaiherikkaiden tapahtumien saamasta käänteestä järkyttyneinä istuimme edelleen hiljaa paikoillamme, Arturon paahtaessa eteenpäin hiljalleen tasaisemmaksi ja suoremmaksi muuttuvaa tietä.

Välimatka varjostajaamme pysyi ennallaan, ja meillä oli siten hiukan aikaa pohtia jatkoa. Ikävä kyllä suomalaisten tanssimuusikkojen luovuus oli nyt pahasti katkolla.

- Entäs nyt? puki Rane ajatuksemme sanoiksi. Kohautin olkiani, ja Teppo ja Pena ilmaisivat olevansa kanssani varauksettomasti samaa mieltä.

Silloin Carmén alkoi selittää jotakin Arturolle, ja viittilöi kädellään kohti edessä näkyvää tienristeystä. Arturo nyökkäsi, jarrutti ja kurvasi 135 astetta oikeaan lähtevälle tielle. Samalla Carmén ruuvasi auki sivuikkunan ja työnsi haulikkonsa piipun ulos. Seuraajamme auton jarruttaessa samaan risteykseen Carmén lähetti patruunallisen hauleja matkaan kohti sen renkaita.

Seuralaisemme oli ilmeisesti käyttänyt asettaan aiemminkin. Takalasista näimme, kuinka takaa-ajajamme auto painui lähemmäs tienpintaa ja jäi hetkessä kauas taaksemme. Syvän kunnioituksen vallassa katsoimme neitiä, joka ruuvasi ikkunan takaisin kiinni ja alkoi tutkia kynsiään.

- Aikamoinen emäntä, huokaisi Pena haltioituneena.

- Juu, enpä uskaltaisi olla suostumatta, jos tulisi naistentansseissa hakemaan, vahvistin.

- Bién hecho, säesti Arturokin ja antoi kaasupolkimen vihdoin kohota ylemmäs. Myös takapenkillä matkustajien pulssit alkoivat vähitellen normalisoitua.

Varttitunnin ajon jälkeen vihreäpohjainen tienvarsikyltti ilmoitti, että siirryimme Morelosin osavaltion puolelle, ja Arturo ehdotti, että pysähtyisimme tutustumaan alueelle tyypilliseen ruokakulttuuriin heti, kun sopiva kylä löytyisi. Ei näemmä niin tiukkaa takaa-ajoa, etteikö Meksikossa olisi aikaa pysähtyä syömään. Nyökkäilimme, että pysähdys oikomaan jäseniä seuraavassa eteen osuvassa pikkukylässä olisi kaikin puolin hyvä ajatus. Takaa-ajajiltamme varmasti kestäisi hetki löytää autoonsa riittävä määrä vararenkaita. Toisaalta, ympärillämme avautuva karuhko maisema viestitti, että seuraavaan kylään saattoi olla vielä jonkin verran matkaa. Saisimmepa kerättyä kunnolla etäisyyttä varjostajiimme.

- Mikä ihme näissä kivipaasissa kaikkia kiinnostaa? puin aikani kuluksi meitä kaikkia askarruttavan ajatuksen sanoiksi.

Ihme kyllä, vuosituhantiset pienoisveistokset olivat kestäneet ehjinä myös tällä vuosituhannella tapahtuneen ralliautoilun. Ehkä juuri kivisen materiaalinsa ansiosta. Arturo eteni matalien jukkapensaiden reunustamaa hiekkatietä nyt huomattavasti rauhallisemmin, ja meillä oli aikaa tutkailla pystejä tarkemmin.

- Historiantutkijat ovat niistä varmasti innoissaan, mutta ei kai heillä ole yleensä tapana räjäytellä kiukuspäissään maaseutukauppoja taivaan tuuliin, jos esineitä hiukan häviää? Pena silitti myötätuntoisesti Carmenin kättä. Tämä tuijotti ulos ikkunasta vaitonaisen oloisesti.

- Have a look, sanoi Arturo ja heitti hopeakaupasta ostamamme lehden syliini. Etusivun kirkuva otsikko ja sitä seuraava teksti olivat meille sisällöltään vieraita, mutta isoimmassa kuvassa seisova, äreäilmeinen pienoispatsas oli hyvinkin tuttu.

- Oho, mehän ollaan jo maanlaajuisissa uutisissa! hönkäisi Teppo. Todellakin, suomalais-meksikolainen mariachi-combomme oli pienemmässä kuvassa juuri poistumassa antropologisen museon ulko-ovista. "Has visto a ellos?" tiedusteli kuvateksti lukijoidensa mahdollisten näköhavaintojen perään. Osuuttamme patsaiden katoamiseen selviteltiin siis ainakin median taholta.

- Kuva on onneksi jopa suttuisempi kuin keikkajulisteessamme, Teppo jatkoi. Tämä ei Penan mielestä tehnyt oikeutta mainoksellemme, jonka mustavalkoinen kuva oli valmistettu Penan asuntoyhtiön harrastustiloissa ihka-aitoa rasterointitekniikkaa käyttäen. Mustavalkovedoksen muuttaminen pisteiksi mahdollisti 9*13-kokoisen kuvan hyvinkin siedettävän suurennoksen julistekokoon.

- Eiköhän me erotuta kantaväestöstä livenä ihan riittävän selkeästi muutenkin, huoahti Rane ja valui yhä syvemmälle Impalan takapenkin uumeniin.

Se oli totta. Meksiko oli onneksi valtavan kokoinen maa, mutta jos suomalais-ugrilaiset olemuksemme olivat päässeet päivälehtiin jo satojen kilometrien päässä pääkaupungista, sijaintimme paljastuminen olisi Yhdysvaltain tiedustelupalvelulle - tai kuka perässämme olikaan - vain ajan kysymys. Arvatenkin tiedosta maksettaisiin summia, jotka nostaisivat keskivertomestitsiperheen kertaheitolla pois köyhyydestä.

Saadakseni ajatukseni pois vasikoivista meksikolaisista selasin lehteä eteenpäin.

Lehden kakkosaukeamalla kuvattiin laajasti Cantarellia, joka ei ilmeisestikään ollut sieni, vaan vastikään avattu öljynporausalue Meksikonlahdella. Kypäräpäisten porareiden iloiset ilmeet kertoivat porauslautan ilmeisen myönteisestä vaikutuksesta sekä oman suvun että koko Meksikon kansan talouteen. Lautan sijainti kaukana tuulisella ja myrskyisellä merellä ei näyttänyt huolestuttavan haastateltuja.

- Gringos not like it, selitti Arturo meille. Öljynviennin varaan vahvasti rakentavalle Yhdysvalloille valtavan öljyesiintymän löytyminen sen aluevesirajojen ulkopuolella ei ilmeisesti ollut saanut aikaan kättentaputuksia kongressissa. Meksikolaisen Pemex -öljy-yhtiön poraustoiminnan käynnistäminen oli kokenut useita merkillisiä takaiskuja, mutta nyt suunnaton porauslautta oli vihdoin saatu tuotantokäyttöön, ja Cantarellin alueen ennustettiin pian tuottavan kolmasosan Meksikossa porattavasta öljystä. Kuvissa kiiltäväkypäräiset pukumiehet kilistelivät maljoja tuulisella kannella ja jossain takana soitti mariachiorkesteri, tottakai.

Eräässä kuvista näkyi kuitenkin tutun oloinen hahmo, sadetakkiaan tiukasti ympärilleen kietoen.

- Isabel! henkäisi Teppo. - Mitä hän tuolla tekee? Ja miten se on ylipäätään mahdollista?

Luin kuvan reunasta, että porauslauttajuttu kuvineen oli tehty jo muutama päivä sitten pidetyistä avajaisista. Siksi Isabel oli jo eilen voinut olla takaisin pääkaupungissa laulamassa mariachilauluja. Porauslautalle kuljettiin arvatenkin helikopterilla, ja ilmateitse matkaa oli mahdollista jatkaa nopeasti Mexico Cityyn.

- Liian pitkiä keikkamatkoja minulle, mutisi Rane.

- Äläs nyt, ei se välttämättä ole tuolla ollut laulamassa. Katso nyt, skoolailee pukumiesten kanssa ihan sujuvasti, huomautti Pena.

Pena olikin ollut jo tovin muissa maailmoissa, Carmenin kanssa kiihkeää keskustelua takapenkillä käyden. Minua hämmensi edelleen se nopeus, jolla Pena tuntui uutta kieltä omaksuvan. Eikä hänen puheensakaan nopeus mitään hämäläistä ollut.

- Tuolla vauhdilla kun paukutat kannujakin, niin pääset pian sellaiseen punk-bändiin, joita Kurvin kulmillekin on kuulemma alkanut ilmestyä.

- Voi olla, etten menisi, vaikka pääsisinkin. On tässä vähän mietitty, ja sovittiin just Carmenin kanssa, että jään tänne. Täällä on paremmat kurvit, täräytti Pena uutisensa.

Autossa alkoi asian hämmästely, ja Arturokin vaati saada tietää, mikä sai aikaan moisen väittelyn rauhallisten suomalaisten keskuudessa. Kuultuaan Penan manifestistä hän alkoi tiukata sen yksityiskohtia espanjaksi Carmenilta.

Kiivashenkisen kaksiminuuttisen jälkeen Arturon johtopäätös keskustelusta oli musertava: - Está enamorado. He's in love. Nothing you can do.

Se siitä. Rumpalimme oli rakastunut. Ja halusi jäädä Meksikoon.

- Tortilla selätti karjalanpiirakan, filosofoi Rane.

- No on niitä varmaan huonompiakin vaihtokauppoja tehty. Milloin ajattelit jäädä joukosta? kysyin.

- Seuraavassa kylässä. Carménin setä pitää siellä omaa kauppaliikettään, ja tarvitsee apua. Eikä Carménillakaan juuri nyt ole parempaa tekemistä, saati paluuta vanhaan kauppaansa.

Sitä ei käynyt kieltäminen. Sulattelimme uutista loppumatkan kohti ensimmäistä eteen tulevaa taajamaa.

-"Meksikon poliisi ei ole löytänyt varkaita stop". Näin tässä lukee, herra lähetystöneuvos.

- No voihan himputti. Mitä tässä nyt pitäisi tehdä? En välittäisi nähdä Ilta-Sanomissa otsikkoa "Ulkoministeriössä tequilat väärään kurkkuun".

- Se saattaa olla jo myöhäistä estää. Ainakin Yleisradion ulkomaantoimituksen raportissa kerrottiin juuri viikonloppuna tapahtuneesta, merkittävästä kulttuurivarkaudesta Meksikon pääkaupungissa, sanoi neiti Näpsä. - Suomea ei tosin vielä siinä mainittu.

- Mitä siinä tapauksesta sitten kerrotaan?

- Lähinnä vain, että joitakin kulttuurihistoriallisesti merkittäviä pienoispatsaita on varastettu kesken niiden luovutustilaisuutta Yhdysvalloille. Joko reportteri on ollut kiireinen tai sitten hän ei vain ole katsonut tarpeelliseksi valottaa veistosten taustaa lukijoille.

- Mikäköhän se tausta sitten on?

- Kävin jo sen verran vilkaisemassa omaa arkistoamme, että kyseessä on La Venta -nimisen kaupungin lähistöltä vuonna

1955 esiin kaivettu patsasasetelma. Silloinhan meillä ei ollut Meksikossa vielä omaa lähetystöä.

- No se onkin ihan oma patsasasetelmansa se. Entäs tämä vanhempi?

- Patsaat ajoittuvat noin vuosiin 600-800 ennen ajanlaskun alkua, olmeekkikulttuuriin. Asetelmassa oli 16 ihmisfiguuria ja kuusi muuta. Patsaat ovat pieniä, keskimäärin alle 20 cm korkuisia, jadeiitista ja serpentiinistä valmistettuja.

- Ei kai vappuserpentiini nyt kovin kestävää rakennusmateriaalia ole? Toimiston juhlissahan se on riekaleina jo parissa tunnissa.

- Serpentiini on mineraali, herra lähetystöneuvos. Sitä löytyy myös meidän maaperästämme.

- Jaha, aivan. No miksi niistä nyt on noussut niin suuri haloo?

- Heti kaivausten jälkeen osa patsaista päätyi näytteille Smithsonian Insitituutin ylläpitämään museoon Yhdysvaltoihin. Nyt he olivat tulleet hakemaan Meksikosta lisää asetelman patsaita kokoelmiinsa. Sillä välin Meksikossa taas on noussut uutta kansallishenkeä, eikä muinaismuistojen vieminen pois maasta ole kaikkien mielestä soveliasta.

- Mutta niitä oltiin kuitenkin luovuttamassa?

- Siltä vaikuttaa, ja vieläpä erittäin näyttävästi. Siksi onkin erityisen noloa, että osa patsaista näyttää kadonneen kuin Kekkosen vastaehdokkaat viime vaaleissa, ja vieläpä kesken tilaisuuden. Amerikkalaiset ovat tapahtuneesta erityisen vihaisia, eikä se varmasti lähennä noiden naapurivaltioiden välejä. Nehän ovat olleet viime aikoina erityisen tulehtuneet, arvatenkin Meksikonlahden öljynporauksiin liittyen. Niistäkin ryhdyin jo selvittämään tarkempia...

- No mitä se uutinen kertoo tästä itse ryöstöstä? keskeytti Kuappinen sihteerinsä ja otti rintataskustaan nenäliinan pyyhkiäkseen otsalleen kihonneen hikipisaran.

- Aivan. Vain sen, että siihen epäillään sotkeutuneen tapahtumassa soittaneen orkesterin, joka ei ole vaikuttanut paikalliselta. Pikemminkin pohjoismaiselta.

- Ei saaterin saateri. Mitä ne muusikonretaleet ovat menneet tekemään?

- Haluatteko, että selvitän Suojelupoliisin kanssa lähettiläidemme mahdollista osuutta asiaan?

Hetken mietittyään Kuappinen nyökkäsi, ja neiti Näpsä kopsutteli korkokenkineen huoneeseensa. Kuappista hikoilutti ja palelsi nyt yhtä aikaa. Lähetystöneuvoksen mielessä hänen juuri matkaan lähettämänsä tanssiorkesteri ja kansainvälisen tason kulttuuriselkkaus liittyivät jo saumattomasti toisiinsa.

Tärisevä käsi löysäsi vinoraitakuvioista kravattia. Mitään tällaista hän ei juuri nyt kaivannut. Viime vuodet olivat olleet lähetystöneuvokselle lähinnä leppoisaa laskeutumista kohti eläkevuosia, eikä hän viime töikseen halunnut todellakaan olla mukana minkäänlaisessa kansainvälisessä selkkauksessa. Vaimokin oli useaan otteeseen ystävällisesti muistutellut, että et sitten Raimo töpeksi. "Presidentin poliisiksi" tituleeratun Suojelupoliisin ottaminen mukaan tutkimaan asiaa välittäisi tiedon tapahtuneesta Kekkoselle asti, eikä nostaisi Kuappisen osakkeita vaimon lisäksi myöskään presidentin silmissä kovin korkealle.

Peijakkaan muusikot, niistä ollut kuin harmia.

Kuappinen kumartui, veti työpöytänsä sivulaatikoston auki ja katsoi tuttua kierrekorkkia. Hän nosti puoleen väliin asti vajenneen Monet-konjakkipullon eteensä pöydälle. Pieni iltapäiväryyppy ehkä rauhoittaisi.

Takavuosina rauhoittelu oli ollut lähes jokapäiväinen tapa, mutta lääkäri Pekka Puskan Pohjois-Karjala -projektin yhteydessä antamien, lukuisten TV-haastattelujen valistussanoma oli lähetystöneuvoksen kohdalla yllättäen uponnut suotuisaan maaperään. Iltapäiväkonjakki oli tätä nykyä varattu vain todellisia kriisitilanteita varten. Sitä paitsi pikku näkäräinen oli nyt ainoa, mitä hän osasi asioiden eteen tehdä. Se kotkannenäinen ja haukankatseinen sihteeri kyllä saisi selville asioiden tolan, jos kuka.

Naapurihuoneessa olikin jo menossa puhelu Suojelupoliisille.

- Uutistelexin mukaan soittajien kansalaisuutta ei ole tunnistettu. Yhteydenotto Meksikon viranomaisiin olisi tässä kohdin yhtä kuin syyllisyyden myöntäminen, eikö teistäkin? Sitähän minäkin. Kuunnelkaapa siis, kun kerron, mitä teidän on syytä tietää...

Neiti Näpsä kuului keskustelevan langan päässä yksityiskohtia tivaavan, mutta jo pahasti alakynteen jääneen tahon kanssa varsin tottuneesti. Kuappinen lämmitti juomalasia hetken kämmenellään, nielaisi sitten suullisen pehmeää XO:ta ja yritti ajatella asioiden ehkä sittenkin järjestyvän.

KAKSIKYMMENTÄ

Amacuzacin kylä lekotteli meksikolaiseen tapaan iltapäivän auringossa. Muutamia päivettyneitä asukkaita käyskenteli yksi- ja kaksikerroksisten, valkoiseksi rapattujen rakennusten välissä kiemurtelevilla mukulakivikaduilla. Kadut oli nimetty edesmenneiden meksikolaispoliitikkojen mukaan, mutta niiden kunto ei kertonut varsinaisesta arvostuksesta kyseisiä henkilöitä kohtaan. Toisaalta ne ehkä symboloivatkin juuri politiikantekijöiden mutkittelevaa ja epätasaista etenemistä demokratian portailla.

Vaikka oltiin lähes kilometrin korkeudella merenpinnasta, kylän läpi virtaava, samanniminen joki piti maaperän kosteana ja kylän yleisilmeen mukavan vihreänä.

Carménin sedän elintarvikekauppa sijaitsi lähellä jokea. Viiksekäs setä selvästi kaipasi apua liikkeenhoidossa, rakennuksen yksi jos toinenkin nurkka repsotti ilkeännäköisesti. Suomalaisen vävykandidaatin esittely nostikin hänen kasvoilleen leveän virnistyksen. Esiin paljastuneet hampaat kertoivat, että oikomishoidot eivät ainakaan hänen nuoruudessaan kuuluneet tämän Meksikon osan hammashuolto-ohjelmaan. Hän kuivasi kätensä yllään olevaan essuun ja kätteli meidät kaikki innokkaasti.

- Me llamo Carlos, bienvenidos! Esta es su casa, señores! totesi setä meille nyt jo tutuksi käyneellä tavalla, ja tarkoitti hänkin, mitä sanoi - hänen kotinsa olisi meidänkin kotimme aina, kun seudulle poikkeaisimme. Arturo kiitteli häntä vuolaasti, kysyi vielä jotakin ja ilmaisi sitten meille elekielellä menevänsä etsimään jostakin puhelimen.

Kaupan yhteydestä paljastui myös taco-kioski tarvikkeineen, ja Carlos alkoi innokkaasti lämmittää grilliä maissitortilloiden ja sianlihan kuumentamiseksi. Carmén auttoi häntä tottuneesti, ja me muut yritimme olla mahdollisimman vähän toimituksen tiellä. Onnistuimmekin siinä melko hyvin, kun ymmärsimme istahtaa kioskin edessä olevan, leveiden lehtipuiden varjostaman pöydän ääreen odottamaan tacos al pastor -lihatortillojen valmistumista.

Käristyvän sianlihan tuoksu houkutteli paikalle myös kärpäsiä, pari kulkukoiraa ja asiakkaita. Päättelimme, että se oli hyvä merkki - kaikki kieli siitä, että kauppias-isäntämme osasi hommansa. Se puolestaan oli hyvä merkki ajatellen liiketoimintaa, jonka osaksi Pena oli ilmoittanut haluavansa ryhtyä.

- Oletkos Pena nyt ihan varma tästä? yritti Teppo vedota rumpalimme rationaaliseen puoleen. - Jäät siis tänne?

- No tältä minusta juuri nyt tuntuu. Seikkailu on kuin tacot, parhaimmillaan juuri eteen tarjoiltuna. Ja Suomessa minua ei viime kevään hautajaissuman jäljiltä odota kukaan.

Nyökkäsin. Penan iäkkäät vanhemmat oli tosiaan hiljattain haudattu kotikuntansa kirkkomaalle, eikä Pena ollut juurikaan pitänyt yhteyttä muuhun sukuunsa.

- Maallinen omaisuuskin on oikeastaan mukana, ja Carmén... no, tämä tuntuu nyt oikealta. Enkä jotenkin usko, että meillä on enää sinne Argentiinan suuntaan muutenkaan kauheasti järkeä yrittää. Mutta ei kai elämässä mikään ole varmaa.

- Mikään ei ole varmaa, paitsi aivan varma, heitti Rane, röyhtäisi ja palautti tyhjän Tecate-oluttölkin huuliltaan pöydän pintaan.

- Ja hei, miettikää positiivisesti: ainakaan tämä bändi ei sitten hajonnut musiikillisiin erimielisyyksiin, Pena veisteli.

Jotenkin tunsin, että Pena kyllä pärjäisi. Rumpuja ja trumpettia soittava, espanjan kieltä pölynimurin lailla itseensä imevä sanaseppo. Jos joku bändistä, niin hän.

- No mitäs me muut sitten? Pelkällä amerikanraudalla, haitarilaukullinen muinaismuistoja mukana ja joukko poliiseja tai mitä lie agentteja takana ei ainakaan Argentiinaan matkata, mietin ääneen.

Carmenin tarkoilla laukauksillaan tyhjentämät autonrenkaat olivat todennäköisesti saaneet varjostajamme eksymään reitiltämme, mutta tuskin he olivat yksin tehtäväänsä suorittamassa. Pääkaupungin lentokentällä meidät tunnistettaisiin nopeasti.

- Itse en välittäisi nähdä, kuinka ne Mexico Cityn lentokentän lunkit poliisit käyttelevät konepistooleitaan siinä vaiheessa, kun me kulttuurivarkaat ilmestymme sinne, huomautti Teppo.

- Eiköhän ajan kuluksi vaikka veikata, kumpi puoli meidät siellä ampuu? Voittajalle isoin hautakivi, tuhahti Rane.

- Äläpäs nyt. Onhan Meksikossa kai muitakin lentokenttiä? heitin. - Luin koneessa, että Acapulco houkuttelee maahan paljon turisteja, ja ainakin autossa olevan kartan perusteella se sijaitsee niin kaukana rajoilta, että pakkohan turistien on lentää sinne.

Teppo kävi hakemassa auton lattialle rypistyneen matkailukartan, jota Arturo näkyi silloin tällöin matkan edistyessä vilkuilleen. "Mapa turístico de carreteras", luki sen yläosassa.

- Täältä näkyisi olevan muutama sata kilometriä Acapulcoon. Pitäisikö meidän yrittää sinne? Päästäisiin ehkä turistien joukossa huomaamattomammin pois maasta, hän ehdotti.

- Totta. Eikä meistä mahdollisesti tehty etsintäkuulutuskaan ole välttämättä vielä ehtinyt Acapulcoon asti, sanoin karttaa silmäillessäni. Mittakaavan perusteella maa vaikutti kutakuinkin kuusi kertaa Suomen kokoiselta.

- Kysykää isännältämme, sillä on varmaan kaikki suunniteltuna, sivalsi Rane. Hänellä oli toinen Tecate-tölkki hyvää vauhtia tyhjentymässä, ja hiilihappoinen lager teki selvästi hänen aivosoluilleen hyvää.

Arturo saapui puhelimenmetsästysreissultaan juuri parahiksi ja sai pöytään kannettavakseen lautasellisen kuumia tacoja. Maissin, sianlihan ja korianterin tuoksu täytti sekä sieraimet että toiveet.

- So what's next? tiedustelin häneltä toiveikkaasti tapahtumien seuraavaa vaihetta. Otin samalla tacosta kiinni oikeaoppisesti yläpuolelta, puristaen sen peukaloni ja muiden sormieni muodostaman leuan väliin.

- No sé. I don't know. We eat?

Joko hän ei ollut löytänyt kylästä puhelinta tai tavoittanut sillä toivomaansa henkilöä, tai sitten Arturon suunnitelmallisuus vain oli loppunut muinaisesineiden varastamiseen museosta ja piilottamiseen yhdysvaltalaisten ulottumattomiin - minun harmonikkalaukkuuni.

- What? You don't have any plan? tankkasin häneltä vielä toistamiseen suunnitelmien perään.

- No.

Me suomalaiset katselimme toisiamme epäuskoisesti, Arturo puolestaan nälkäisesti käsissämme olevia tacoja. Sitten hän havahtui.

- But Isabel has. We meet her tomorrow.

Nyt oli Tepon vuoro valpastua. Tämähän kuulosti mielenkiintoiselta. Tapaisimme Isabelin uudelleen, ja jo huomenna.

- Where?

- In Acapulco. Now, let's eat.

KAKSIKYMMENTÄYKSI

Tappelukukon oloinen sulkapallero kiekaisi minut hereille. Muutakin siipikarjaa käyskenteli Carlosin yhdistetyn asuintalon ja kauppaliikkeen ympäristössä sen näköisenä, että yö oli nukuttu hyvin, mutta oli jo korkea aika itse kunkin nousta.

Carlos availi puotiaan jo vaalean leivän ostajia varten, ja suomalais-meksikolainen rumpali-haulikko-pariskunta autteli kauppiasta nostelemalla vihannes- ja hedelmälaatikoita kaupan kuistille. Iloisesti viheltelevä Pena oli löytänyt jostain päähänsä olkisen sombreron ja näytti siltä, kuin olisi unelma-ammatissaan.

- Tätä se nyt sitten on tästä eteenpäin, auringonpaistetta ja vapaan kanan munia, hihkaisi Pena minut huomattuaan.

- Onnea vaan valitsemallenne uralle, kuittasin. Puoliksi tosissani, sillä en oikeastaan enää nähnyt syytä yrittää käännyttää tätä vaaleahipiäistä kauppa-apulaista mukaan matkaamme. - Ja kiitos vielä orkesterimme taiteellisen tason nostamisesta. Poisjäännilläsi.

Pena heitti minua appelsiinilla ja kääntyi sitten ottamaan ohjeita Carlokselta tavaroiden esillepanon suhteen. Samaan aikaan Teppo ilmestyi suu haukotuksesta väärällään kuistille, nivusiaan raaputellen.

- Tännekö se sitten meinaa jäädä? Teppo kysyi.

- No se on tuo Saarikosken suku aina ollut vähän impulsiivinen. Jääköön tänne. Eipähän kilpaile Isabelin huomiosta Acapulcossa.

Teppo nolostui silminnähden, mulkaisi minua murhaavasti eikä vastannut mitään.

- Käypä tönimässä Rane ylös sängystä, komensin häntä.

Teppo lähti toimittamaan asiaa. Laskin, että tyhjiä Tecate-tölkkejä oli siivottu kuistin pöydältä roskakoriin tusinan verran. Muiden höpöttäessä illalla grillin ääressä niitä näitä Rane oli keskittynyt nestetasapainosta huolehtimiseen, oman tasapainonsa kustannuksella. Basistin herättäminen ei tulisi olemaan yhtä juhlaa.

Aamun ensimmäiset asiakkaat jäivät tuijottamaan minua ruskeilla silmillään. Äitinsä kanssa kauppaan saapunut lapsilauma oli arviolta 5-10 -vuotiaita, ja katseli minua kuin ulkomaalaista. Niinhän tietysti olinkin, ja varmasti erinäköinen kuin heidän aiemmin tapaamansa. Ryhmän pienin, värikkäisiin mutta nuhruisiin t-paitaan ja shortseihin pukeutunut poika totesi minulle jotain, mistä en saanut selvää. Poika kohotti ääntään ja viittilöi kädellään selvennykseksi, että halusi minun nousevan seisomaan.

Kampesin itseni ylös tuolista, ja yritin jatkaa juttua pojan kanssa. Viittomakieli ei kuitenkaan tuottanut oikein tulosta, eikä hänen lausumiensa sanojen toistelu edistänyt keskustelua.

Äkkiä tunsin alaselässäni kevyen kosketuksen. Mieleeni juolahti, että lapsilauma yritti ehkä löytää lompakkoani ja käännyin äkäisesti ympäri, valmiina läksyttämään pikku kleptomaaneja. Takanani oli kuitenkin perheen äiti, joka minuun selin mittasi itseään selkääni vasten. Odottamani pelästymisen sijaan sekä hän että nyt taakseni jääneet lapset räjähtivät kuitenkin nauramaan. Osoittautui, että vaikka Suomessa edustin varsin keskipituista haitarinsoittajaa, täkäläisissä mitoissa olin oikea jättiläinen. Perheen äiti oli ehkä 140cm lyhyt, vaikka katukuvassa ei muista kollegoistaan mitenkään poikennut.

En voinut kuin vastata hymyllä lasten ja heidän äitinsä tirskuntaan. Täälläpäin väestö edusti vielä perinteisiä atsteekkiheimoja, eikä kosketuksia meihin pidempiin länsimaalaisiin liiemmin ollut. Annoin lapsille kaupan hyllystä purkkaa jaettavaksi ja viittilöin Carlosille maksavani ostoksen myöhemmin.

- Voi Moctezuma sentään, huokaisi kuistille juuri parahiksi ryöminyt Rane silmiään siristellen. Tukka oli takussa ja tukan alusta selvästi kivisti. - Täällä sitä vaan leikitään lasten kanssa. Ihan tässä oksettaa.

- No ihan tässä itse olet hankkinut olosi, totesin hänelle epäempaattisesti. - Yritäpä syödä jotain, ja jos se pysyy sisällä, niin lähdetään Acapulcoon.

Rane mutisi takaisin jotain, mistä en saanut selvää, mutta lähti kuitenkin laahustamaan kohti vastapuristettua appelsiinimehua sisältävää lasikannua kuistin pöydällä. Katselin rakennuksen takapihalle ja totesin appelsiinin jalostusmatkan puusta mehukannuun olevan täällä noin kolme metriä. Kylmäketjua ei ollut, mutta ei sen katkeamisesta näillä etäisyyksillä tarvinnut välittääkään. Tunsin pientä kateutta Penaa kohtaan.

- Huh, näihin huusseihin on kyllä vielä vähän tottumista, sadatteli kuistille parahiksi ilmestynyt Pena kättään pyyhkien ja lievensi heti edellistä tuntemustani.

Ranen nikotellen syömä kevytaamiainen osoittautui pysyvän uudessa, vatsahappoisessa ympäristössään, joten päätimme lähteä matkaan.

- Kiitä Pena appiukkoasi yösijasta, ja Ranenkin puolesta hyvistä oluista.

Rane mulkaisi minua ja työntyi sanaakaan sanomatta istumaan Chevroletin takapenkille.

Lyhyiden hyvästelyseremonioiden jälkeen istahdimme myös Arturon ja Tepon kanssa Impalaan. Arturo käynnisti V8-moottorin ja peruutti pihasta kadun puolelle. Heilautin kättäni myös uusille lapsituttavuuksilleni, jotka olivat osuneet parahiksi kadunkulmaan seuraamaan lähtöämme. Nämä atsteekkien jälkeläiset ottivat lähtömme huomattavasti rennommin kuin esi-isänsä espanjalaisten valloittajien saapumisen lähes 500 vuotta aiemmin. Toisaalta, emmehän me tuoneet heille mitään kulkutauteja tai muuta epätoivottua tuliaista, jollei Penaa nyt sitten sellaiseksi laskettu. Arturo korskautti Chevyn hevoset liikkeelle ja Carmen ja Pena jäivät pian pienentymään vieretysten sen taustapeiliin.

Bändin jäsenestä luopuminen on kuin katkaisisi Hesarin kestotilauksen, joten hetkeen emme keksineet autossa mitään keskusteltavaa. Sinänsä se ei ollut yllättävää, Penahan meistä kuitenkin oli ollut kaikkein keskusteluherkin kaveri. Tarinaa rumpaliltamme oli tullut joskus jopa enemmän kuin tarpeeksi. Nyt pitäisi keksiä itse omat taivasteluaiheensa.

Matkan luonnekin oli tyystin muuttunut. Emmehän selvästikään olleet enää orkesteri mutkaisella matkalla kohti esiintymiskiertuetta Argentiinassa, vaan riippakoivusta Meksikon aavikoille pudonnut ryhmä nuoria miehiä, varastettuja muinaismuistoja matkassaan ja monen valtion intressit perässään. Toivottavasti edes kantaväestöön kuuluvalla kuskillamme oli jonkinlainen käsitys siitä, miten tarina saattaisi saada siedettävän lopun.

- Arturo? kysyin.

- Dime, Arturo vastasi.

Mietin, kuinka ja millä kielellä tiedustelisin, mitä ihmettä oli tähän mennessä tapahtunut, miksi ihmeessä, miten me siihen liityimme, mikä oli Arturon rooli ja mikä meitä Acapulcossa oikein odottaisi.

- Qué pasa? onnistuin kysymään.

Arturo arvasi, etten tällä kertaa tiedustellut niitä näitä, ja yritti parhaansa mukaan selvittää tilannetta minulle. - In Spanglish, kuten hän itse käyttämäänsä kieltä kutsui.

Ajomatka Acapulcoon kesti kolmisen tuntia. Tuona aikana käymästämme keskustelusta tulkitsin, että Isabel ei suinkaan ollut antropologisen museon palkkalistoilla, vaan työskenteli Meksikon valtiollisen turvallisuuden yksikön leivissä. Siinä roolissa hän kierteli strategisissa kohteissa, kuten viimeksi Meksikonlahdelle juuri valmistuneella massiivisella öljynporausalueella. Aluetta kutsuttiin edellispäivän lehdessäkin näkemämme jutun tavoin nimellä "Cantarell", ja siitä uumoiltiin koko Meksikon talouden pelastavaa öljyteollisuuden raaka-ainekeskittymää. Juttu, jonka lehdestä näimme, oli kertonut Cantarellin porausaseman onnistuneesta käyttöönotosta; huolimatta erilaisista "kansainvälisistä haasteista", joiden selvittämiseen Isabel oli jotenkin osallisena.

Haasteet eivät kuitenkaan olleet vielä ohi, ja jotenkin nämä vaiteliaat olmeekkipatsaat liittyivät niihin. Avasin haitarilaukkuani sen verran, että sain ujutettua yhden veistoksista piilostaan ulos patsastelemaan.

- Ei tuo nyt varsinaisesti miltään David-patsaalta näytä, totesi Rane viitaten yllättäen tuntevansa ainakin yhden antiikin Rooman ajan patsaista nimeltä. Olin kuvitellut Ranen kuvataiteen tietämyksen rajoittuvan Paavo Nurmen juoksijapatsaaseen. Niitä harvoja hetkiä, jolloin muistin Ranen hymyilleen oli se, kun hän kuuli teekkarien ruotsalaisille vuonna 1961 tekemästä jäynästä. Yli 30 vuotta meressä maanneen Wasa-laivan ylösnostossa ensimmäisenä esineenä vedestä oli noussut heidän edellisyönä laivan kannelle sukeltamansa Paavo Nurmen juoksijapatsas.

- Mittasuhteet ovat tosiaan erilaiset, ja yksityiskohtia on vähän niukemmin, vastasin. - Ja tällä on suu auki.

Kädessäni oleva kivinen hahmo muistutti paksuine huulineen Rolling Stonesin laulusolistia. Hiuksia tällä hiljaisemmalla Jaggerilla ei ollut, eikä pökkelöjaloista voinut päätellä mitään hahmon tanssityylistä. Ilme sen kasvoilla oli pahansisuinen, aivan kuin tyyppi ei olisi halunnut tulla kaivetuksi esiin.

- Jospa ne on joku muinainen lauluyhtye. Nimi voisi olla vaikka Kivikasvot, heitti Teppo.

- No annetaan näille neljälle sitten nimet Fredi, Jori, Ismo ja Ilkka, sanoi Rane.

- En kyllä usko, että oikeat Fredi ja kumppanit ovat koskaan kokeneet tällaista määrää takaa-ajoa, vaikka suosittuja ovatkin.

Arturo oli seurannut taustapeilistä keskusteluamme ja arvasi, että haluaisimme tietää, miten me liityimme tähän tarinaan. Tai sitten hän vain ajankulukseen alkoi papattaa meille taustoja tapahtumille.

Ymmärsin Arturon selityksestä, että veistosten varastamisen oli junaillut nimenomaan Meksikon valtio. Patsaiden haluttiin katoavan, mutta niin, ettei katoamisesta epäiltäisi meksikolaisia itseään. Tilanteesta kärsivän yhdysvaltalaisosapuolen oli haluttu uskovan, että kyseessä olisi jokin itäeurooppalainen rikollisjärjestö. Uskottavan näytelmän aikaansaamiseksi myöskään Meksikon poliisille ei ollut voitu kertoa asioiden todellista laitaa.

- Mahtavaa: näiden mielestä me mennään täydestä ryssinä, osseina tai serbeinä. Ei muuta kuin Hollywoodiin töitä hakemaan, tuhahti Rane, kun kertasin hänelle ja Tepolle kuulemaani.

- No siitä voi nyt oikeastaan syyttää sitä Viiksi-Vallua siellä Heathrow'n lentokentällä. Sehän meidät valkkasi sopiviksi syypäiksi antiikkivarkauteen, huomautti Teppo.

- Ja onhan se varmaan jakanut niitä osoitelappusia muillekin helposti höynäytettävän näköisille, mietin. - Varmaan siellä Arturon asunnolla nytkin joku porukka soittelee ovikelloa ja ihmettelee, kun kukaan ei tule avaamaan.

- Eli Arturo oli sitten vain odottanut kämpillään, että sopiva joukkio toimitetaan hänen ovelleen, ja tulee hoitaneeksi varkauden, summasi Teppo keskustelun lopun.

- Ilmeisesti hänelle maksetaan tästä ihan hyvin. Mutta varmaankin vasta, kun patsaat ovat turvassa jenkeiltä, järkeilin.

- No onhan siinä sitten motiivit kohdallaan. Luulinkin, että hän vaan tykkää meidän soitostamme, totesi Rane.

KAKSIKYMMENTÄKAKSI

Tapahtumien pääpiirteinen kulku oli nyt hahmottunut neiti Näpsälle. Sekä Suojelupoliisi että Meksikon suurlähetystö olivat välittäneet hänelle yksityiskohtia edellissunnuntain patsasryöstöstä Meksikon Antropologisella museolla. Hän oli saanut jotenkin käsiinsä myös pöytäkirjoja soittajia noutamaan lähetetyn auton takakonttimatkustajien poliisikuulusteluista. Kokoamansa palapelin perusteella hän oli varma, että paikalta patsaiden katoamisen yhteydessä poistunut orkesteri oli Kalervo Lahdenmäen. Vielä oli tosin hämärän peitossa, miksi ja miten juuri tämä kvartetti oli valikoitunut aktin käsikassaraksi.

Erilaisista tiedusteluraporteista neiti Näpsä oli myös suunnilleen kyennyt selvittämään patsaiden hiertävän roolin Pohjois-Amerikan kahden naapurivaltion välisissä suhteissa. Suomalainen tanssiorkesteri oli nyt jostakin kumman syystä mukana taistelussa Uuden Maailman öljynporauksen herruudesta. Meksikonlahdella sijaitsevan Carusellin alueen öljyesiintymästä oli kehkeytymässä uhka Yhdysvaltain öljyvetoiselle vientiteollisuudelle, ja merialueen hallinnasta käytiin kabineteissa tiukkaa keskustelua Meksikon ja Yhdysvaltain diplomaattien kesken.

Keskustelut olivat eskaloituneet jo jonkinasteisen kiristyksen muotoon, johon kiista olmeekkipatsaiden omistuksestakin liittyi. Raportoivatpa eräät tiedustelulähteet jopa joidenkin neuvottelijoiden katoamisista epäilyttävissä olosuhteissa.

Suojelupoliisi ei virallisesti halunnut sotkeutua tapaukseen, koska kyse ei sen mielestä ollut sen perinteisestä sen paremmin kuin uudistuneestakaan tehtäväkentästä: terrorismin torjunnasta tai valtion johdon turvallisuusvartioinnista. Hyvien sisäpiirin yhteyksiensä ansiosta neiti Näpsä sai kuitenkin kerättyä itselleen arvokkaita tiedonmurusia.

Mitä enemmän neiti Näpsä tutustui käsiinsä saamaan tiedustelutietoon, sitä varmemmaksi hän johtopäätöksestään tuli: soittajapojat olisi nyt jotenkin saatava takaisin Suomeen, mieluiten patsaiden kera, jos ne heillä olisivat. Koska tässä tapauksessa normaaleja rajanylityspaikkoja ja - muodollisuuksia tuskin voisi käyttää, sihteeri alkoi laatia päässään hiukan erilaista muusikkojen kotiutussuunnitelmaa.

Nahkakantinen puhelinmuistio epävirallisine kontaktitietoineen oli ollut neiti Näpsälle useasti korvaamaton apu. Nytkin hän kaivoi tuon tutun lehtiön käsilaukustaan ja selasi sen aakkosjärjestyksestä kertovia sivuliepeitä, kunnes tuli R-kirjaimen kohdalle.

Sivun alalaidassa oli päijät-hämäläiseen verkkoryhmään kuuluva, kuusinumeroinen puhelinnumero. Se kuului henkilölle, johon neiti Näpsä oli tottunut vuosien varrella luottamaan. Henkilöllä oli käsillä olevaan tehtävään soveltuva ammatillinen pätevyys sekä juuri tähän kyseiseen tarvittavat erityiskontaktit.

Ennen puhelinsoittoa sihteeri kävi sulkemassa lähetystöneuvoksen huoneen oven. Aivan kaikkia yksityiskohtia oli tarpeetonta kertoa tällekään. Tosin varotoimi näytti olevan turha, Kuappinen kuorsasi työtuolissaan, edessään tyhjentynyt Monet-pullo.

Puhelua ei onneksi kuunneltaisi, mietti neiti Näpsä numerolevykiekkoa pyörittäessään. Sentraali-Santrat olivat puhelinverkosta jo kadonneet; posti- ja lennätinlaitoskin oli saanut viimeisenkin kaukoliikenteen keskuksensa automatisoitua saman vuoden aprillipäivänä.

Tuttu miesääni vastasi muutaman hälytyksen jälkeen, ja tunnisti nopeasti soittajan lähetystösihteeriksi. Tämän suoraviivaiseen tapaansa selittämä tehtävä kuulosti toki erikoiselta, mutta ammattimies linjan päässä ei juuri tarkentavia kysymyksiä joutunut esittämään.

Puhelun päätyttyä sihteeri oli suhteellisen varma, että juuri informoimansa henkilön avulla orkesteri saataisiin palautettua lähtöruutuunsa mahdollisimman diskreetisti.

Harmi vain, että yhtye itse tuntui kadonneen kuin parfyymi Saharaan.

KAKSIKYMMENTÄKOLME

Valtatie 95 Acapulcoon oli sen verran pitkä ja reitti sen verran syrjäinen, että edes jotenkuten kuuluvia radioasemia sai vähän väliä hakea. José José -nimisen artistin "Si me dejas ahora" -niminen iskelmä tuntui tulevan kuitenkin vastaan jokaisella löydetyllä kanavalla. Meksikolaisradioiden ohjelmatarjonta vaikutti yhtä kapealta kuin 15 kertaa pienemmän Suomenkin.

- Saiskos sen toosan nyt kiinni, totesi kappaleeseen ensimmäisenä kyllästynyt Rane takapenkiltä.

Tottelin, mutta sulkeminen oli jo liian myöhäistä. Pahuksen laulu jatkui pään sisäpuolella. Ilmeistä päätellen samoin oli myös kollegojeni laita.

- Luin jostain, että tuon aiheuttaa korvamato-niminen otus, sanoi Teppo yllättäen. - Se on vain muutamia millimetrejä pitkä, läpikuultava luikero, joka takertuu kantajaansa yleensä konserttisalien ja musiikkiklubien yhteydessä, mutta nykyään myös radion välityksellä. Sen erityiskyky on, että se pystyy tallentamaan itseensä usean C-kasetin verran melodioita, kappaleita ja kokonaisia musiikkiteoksia.

- Näinkö on? tokaisi Rane epäuskoisena, yllyttäen Teppoa näin jatkamaan.

- Näin on. Korvamato tallentaa koko ajan lisää ääniä itseensä, mutta jos tallennustila on täynnä, ääni jää poukkoilemaan isännän korvaan.

Tepon ajatuksenjuoksulle oli pakko hymähtää, ja itse asiassa juttu sai tupla-Josén kuin varkain unohtumaan, mikä ilmeisesti oli ollut Tepon tarkoituskin.

Käännyimme taas katsomaan maisemia. Myös se oli ehtinyt pitkällä matkalla muuttua koko lailla. Kasvillisuus oli nyt selvästi rehevämpää ja vuoret vihreiden metsien peitossa. Harvaan asuttu maaseutu vaihtui jo toistakymmentä kilometriä ennen hotellien kyllästämää rantaviivaa 300,000 asukkaan kumpuilevaksi hökkelikaupunkimaisemaksi.

Kaupungin kasvu oli ollut viimeisen vuosikymmenen ajan nopeaa, jonka huomasi etenkin sen laitamille nopeasti nousseista kylistä. Harmaatiilisten rakennusten ikkunoissa oli kalterit, mutta ei laseja. Joistakin rakennuksista ei voinut päätellä, oltiinko niitä rakentamassa vai purkamassa. Kaduilla oli tiilipäällyste tai sitten ei. Lapsilla oli jonkinlaiset jalkineet tai sitten ei.

Yleisnäkymä vaurastui kuitenkin kuuluisia hiekkarantoja lähestyessämme. Myös alkutaipaleen kuivan aron Jukka-palmut vaihtuivat Tyynen valtameren rannan tuntumassa huomattavasti korkeampirunkoisiin serkkuihinsa.

Pelkkiin uima-asuihin pukeutuneiden ihmisten määrä Acapulcon lahtea reunustavilla hiekkarannoilla oli huikea. Ruskettuneilla vartaloilla oli peitteenään lähinnä erikokoisia ja -hintaisia koruja, kun turistit yrittivät paaluttaa asemaansa rannan sosiaalisessa hierarkiassa. Paikan merkitys paitsi Meksikon turismille, myös Meksikon seurapiiriväen sisäiselle nokkimisjärjestykselle oli silminnähtävä.

- Ei tainnut tulla simmarit mukaan? kysyi Rane takapenkiltä.

Impala oli rakennettu ennen ilmastointilaitteiden yleistymistä, ja viimeisen puoli tuntia olimme ajaneet ikkunat auki ja käsivarsia ulkona roikottaen, mahdollisesta tulevasta niskasärystä välittämättä. Tämän ansiosta onnistuin kuitenkin nappaamaan erään kioskin edessä olevasta telineestä Acapulcon matkailuesitteen, jossa paikan elämyksiä selvitettiin myös englannin kielellä.

Teppo teki käsillään uintiliikkeitä saadakseen Arturon ymmärtämään, että paahteisessa autossa istuminen alkoi tältä erää riittää.

- Un momentito, sanoi Arturo. - Buscamos un cierto hotel y luego aparcaremos. Nähdessään kysymysmerkin muotoiset kasvomme hän selitti asiansa uudelleen, tällä kertaa englanniksi. - Let me find the hotel and we stop there.

- What's the name of the hotel? tiedustelin Arturon etsimän hotellin nimeä.

- "La Quebrada".

Törmäsin nimeen saman tien myös kädessäni olevassa esitteessä. Kuvien perusteella nimi viittasi 30-metriseen jyrkänteeseen ja nuoriin miehiin, jotka hyppivät siltä huimia hyppyjä päälleen Acapulconlahteen. Homma vaikutti vaativan erityisesti hyviä ajoittamistaitoja; rantakallioissa tempoilevan aallokon vaiheesta riippuen veteen iskeytyjällä saattoi olla vastassaan vettä joko useiden metrien tai vain reilun metrin syvyydeltä. Rituaali oli jännittävyydessään ilmeisesti jonkinlainen päivittäinen turistinähtävyys sekin. Etsimämme hotelli ainakin yritti nimeämisellään saada osansa tapahtuman herättämästä mielenkiinnosta, vaikka sijaitsikin lähes päinvastaisella puolella Acapulcon lahtea kuin varsinainen tapahtumapaikka.

Arturo kääntyi Acapulcon keskustan sen eteläpuolelta ohittavalle kadulle, ja kaipaamamme uintiretki upeissa maisemissa sai jäädä tekemättä. Kaupunginosa, johon saavuimme, oli nimeltään "Guitarrón", ja se sai Ranenkin pitkästä aikaa hyvälle tuulelle. Hän oli syystäkin ylpeä siitä nopeudesta, jolla hän oli uuden soittimensa ottanut haltuunsa.

Uimarannalle matkalla olevat turistit kävelivät lahtea kohti laskevia katuja sandaaleillaan laiskasti alaspäin, ja etenemisemme oli siksi hidasta. Myöskään Impalaa ei ollut suunniteltu varsinaisesti tämän kaltaisille, kapeille rinnekaduille. Jäähdyttimestä pöllähtikin silloin tällöin pahaenteisen oloisia höyrypilviä. Arturo ei onneksi vaikuttanut olevan sihahtelusta huolissaan.

Seuraava, ahtaan kadun tervetullut levennys osoittautui myös saman hotellin etupihaksi, jota etsimme. Pysäköimme auton hotellin oven eteen. Arturo siirsi aurinkolasinsa otsalleen ja nousi autosta. Jäähdyttimen kiitollinen pihaus säesti hänen asteluaan ovelle. Piccolo-asuinen ovimies vaihtoi Arturon kanssa muutaman sanan, ja tämä viittasi meitä tulemaan mukaansa hotelliin.

Hotellin vastaanotto oli yhtä kuuma ja kostea kuin keli sen ulkopuolellakin. Pieni pöytätuuletin kääntyili epätoivoisesti eri suuntiin, yrittäen tuoda kaivattua viilennystä edes johonkin osaan virkailijan työtilaa. Virkailija oli ilmeisesti todennut touhun turhaksi ja poistunut paikalta. Onneksi vastaanottotiski jatkui kohti hotellin sisäosia erilaisia juoma-cocktaileja mainostavana baaritiskinä.

- Jano tässä hiukan alkoi jo ollakin, murahti Rane ja Teppo peesasi mielipidettä ilmeellään. Pojat olivat jo ryhtymässä selaamaan tiskillä olevaa juomalistaa, kun tiskin päässä varjossa istunut hahmo nousi ja käveli luoksemme.

- Hola! Qué tal, señores?

KAKSIKYMMENTÄNELJÄ

- Isabel! ilahtui Arturo ja moiskautti työnantajalleen mojovat poskisuudelmat. Me seurasimme perässä, kuka enemmän, kuka vähemmän punastellen. Tepolla vaikutti jostain syystä olevan minua ja Ranea kuumempi.

Isabel seurasi reaktioitamme huvittuneena, mutta vakavoitui nopeasti.

- Have you got the statues? hän kysyi katsoen minuun tiukasti.

- Yes, vastasin suomalaisen ytimekkäästi. Patsaat olivat uskoakseni yhä tallessa harmonikkalaukussani.

- Good. Now we must get them out of the country. Any ideas? Olimme uskoneet lujasti, että Isabelilla oli valmiina suunnitelma, jolla pääsisimme patsaista eroon ja palaamaan koti-Suomeen.

- Siis mitä? Kyselee meiltä hyviä ideoita? Herran tähden, mähän olen basisti! puuskahti Rane toivottomana.

Teppo vaikutti saaneen äkillisen toimintahäiriön - nimenomaan niin päin, että hän alkoi toimia.

- Eikö me voitais soittaa sille Kuappiselle ja kysyä, saisiko hän järjestettyä meidät ulos maasta?

- Tuo on hemmetin hyvä idea, ja tähän asti ehdotetuista paras. Joka tapauksessa olisi varmaan syytä vähän tiedottaa häntä retken saamasta käänteestä, komppasin kitaristiamme.

Kerroimme ajatuksesta parhaamme mukaan Isabelille, joka osoitti heti aulan nurkassa olevaa puhelinkioskia. Se vaikutti olevan osa automatisoitua puhelinverkkoa ja toimivan kolikoilla.

Keräsimme läsnäolijoiden keskuudessa pikaisen kolehdin samalla, kun Teppo kaivoi jostain reppunsa sivutaskuista lapun, jolle oli kirjoittanut muistiin Ulkoministeriön puhelinnumeron. Vaikka käsiini kertyneissä kolikoissa oli merkittävä määrä nollia, arvasin, ettei rahamäärä riittäisi kovin pitkään puheluun.

Nostin luurin ja pyörittelin numerolevykiekolla Tepon minulle luetteleman numerosarjan. Kuulin, kuinka puhelinkeskuksen markkerit valitsivat ensin ulkomaanyhteyden, sitten Suomen suuntanumeron ja lopuksi Ulkoministeriön vaihteen. Tuokion kuluttua vaihteenhoitaja kaukana Suomessa vastasi.

- Ulkoministeriö, kuinka voin auttaa?

- Täällä on Kalervo Lahdenmäki Meksikosta. Käytettävissäni olevien puhelinkolikoiden määrä on rajallinen, joten voitteko yhdistää lähetystöneuvos Kuappiselle?

- Lähetystöneuvos on pelaamassa golfia, mutta voin yhdistää hänen sihteerilleen.

- Kiitos. Nopeasti sitten!

Ikuisuudelta tuntuneen odottelun jälkeen ääni, jonka tunnistin kuuluvan neiti Näpsälle, vastasi.

- Lähetystöneuvos Kuappisen henkilökohtainen avustaja...

- Täällä on Kalervo Lahdenmäki, keskeytin hänen esittelynsä. - Soitan Acapulcosta ja rahat ovat vähissä.

Haitarilaukussani on neljä suu auki olevaa kiviveistosta ja vieressäni pari samassa asennossa kuuntelevaa meksikolaista. Meitä ajavat takaa ilmeisesti sekä Meksikon poliisi että Yhdysvaltain tiedustelupalvelu. Pääkaupunkiin Mexico Cityyn ei ole palaamista. Mitä ehdotatte?

Neiti Näpsä oli hetken hiljaa ja sanoi sitten topakasti:

- Antakaa kuuloke niille meksikolaisille.

Tein työtä käskettyä ja seurasin hämmästyneenä, kuinka Isabel kävi hetken espanjankielistä keskustelua monitaitoiseksi osoittautuneen lähetystösihteerin kanssa.

- Mitä tapahtuu? kysyi Ranekin kummissaan.

- Ssh, neiti Näpsä neuvottelee Isabelin kanssa toimintasuunnitelmasta. Tai jostain.

Puhelinneuvottelu päättyi juuri, kun viimeinenkin kolikoista kolahti puhelinkioskin uumeniin. Isabel ojensi kuulokkeen takaisin minulle ja osoitti eleillään, että neiti Näpsä halusi vielä keskustella kanssani.

- Haloo? totesin luuriin älykkäästi.

- Kuunnelkaa tarkasti: Olen jo järjestänyt teille kyyditystä Suomeen. Teitä tullaan noutamaan Acapulcon kansainväliseltä lentokentältä, mutta siihen saattaa mennä hetki aikaa. Ehkä lähempänä kahta vuorokautta. Siihen asti ehdotan, että pidätte mahdollisimman matalaa profiilia. Annan teille lisäohjeita...

Siihen saakka kolikkomuotoiset pesot laitteen sisällä riittivät. Puhelimesta kuului enää vain tyhjää tuuttausta.

Kerroin Ranelle ja Tepolle lyhyesti juuri yhtä lyhyesti kuulemani ohjeet. Korostin vielä, että ohjeena oli pitää matalaa profiilia. Isabel vaikutti tekevän espanjaksi samoin Arturon suuntaan. Sitten hän kääntyi katsomaan meitä ja hymyili leveästi.

- Vamos a bailar! Let's have some fun!

KAKSIKYMMENTÄVIISI

Acapulco 70- ja 80-lukujen taitteessa ei ollut huonoimpia paikkoja maailmassa pitää hauskaa. Hiekkarannat olivat upeita, merivesi kirkasta ja lämmintä. Lomailijat vaikuttivat sekä hyväntuulisilta että varakkailta, eikä Meksikoon vasta muutamaa vuotta myöhemmin voimalla rantautuva huumebisnes aiheuttanut järjestys- tai muita häiriöitä vapaa-ajan viettoon.

Kirjauduimme Isabelin tavoin La Quebrada -hotelliin. Majoituimme Ranen ja Tepon kanssa yhteiseen huoneeseen, joka sijaitsi suunnilleen samalla korkeudella kuin Helsingin Olympiastadionin tornin maisematasanne, mutta maisemat tyystin toisenlaiset.

- Kolmen tähden hotelli, totesi Rane. - Ja tässä tähdet itse, kaikki samassa huoneessa. Pinnan alla Rane vaikutti kuitenkin selvästi tyytyväiseltä majoittumisemme tason saaneeseen käänteeseen.

Isabelin ehdotuksesta kävimme syömässä illallista rantakadun taqueríassa. Matkustusajankohtamme ja -muotomme olivat meille kaikille arvoitus, joten emme pohtineet niitä sen kummemmin. Sen sijaan perehdyimme huolellisesti meksikolaiseen rantaravintolakulttuuriin Coca-Cola- ja rommipohjaisen Cuba-juoman parissa. Hyvin suomalaisen tanssimuusikon kaltaiseen univormuun, valkoiseen kauluspaitaan ja tummiin, suoriin housuihin pukeutunut tarjoilija selitti meille, että Euroopassa juoma tunnettiin kuulemma nimellä "Cuba libre". Täkäläisten mielestä Kuubassa ei ilmeisesti ollut mitään vapautettavaa, joten nimi oli lyhentynyt pelkäksi "Cuba"ksi.

Seuraavan päivän suunnitelmista saimme illan mittaan Isabelilta selville vain sen, että aamupäivät käristettiin Acapulcossa yleensä vartaloita rannalla, ja ilta-aikaan toinen toistaan värikkäämmin valaistut ravintolat, klubit ja yökerhot imaisivat juhlijat uumeniinsa. Suunnitelma kuulosti toimivalta, joten nyökyttelimme ajatukselle hyväksyvästi.

- Pääsisiköhän niihin klubeihin soittamaan? mietti Teppo. Isabel kohotti kulmakarvojaan ja sanoi ilman muuta järjestävänsä asian. - Claro que sí! Seurueemme tunnelma kohosi jo pelkästä ajatuksesta.

Cuban kirkastamin aivoin aloimme suorittaa pöydässä pientä kulttuurierojen kartoitusta, ja kansallisten juomatapojen vertailu oli tähän otollinen aihe. Totesimme nopeasti, että meksikolaiset joivat humaltuakseen tequilaa, suomalaiset Koskenkorvaa. Suruun Meksikossa nautittiin puolestaan mezcalia, Suomessa Koskenkorvaa. Juhlissa meksikaanit joivat yleensä olutta tai viiniä, suomalaiset Koskenkorvaa. Ruokailun yhteyteen Yhdysvaltalaiset markkinavoimat olivat saaneet tungettua meksikolaispöytiin Coca-Colaa.

- Y en Finlandia? Kos-ke-kor-va? arvuutteli Isabel varmana päättelyketjunsa toimivuudesta.

- No, we drink milk, sanoi Teppo totuudenmukaisesti.

- Milk? Arturo ja Isabel toistivat epäuskoisina. Osoittautui, että maitoa joivat Meksikossa lähinnä lapset. Kahvin sekaankin sekoitettiin epämääräistä maitojauhetta.

Maidonjuonti oli isäntiemme mielestä sen verran eksentrinen uutinen, että Arturo halusi välttämättä tilata meille sen pohjalta juuri kehittelemänsä drinkin.

- Oiga! kutsui Arturo tarjoilijaamme luokseen.

- Sí, señor?

- Cinco veces "Vacavoladora", por favor!

- Y qué contiene? tiedusteli tarjoilija ensi kertaa kuulemansa juoman koostumusta. Arturo supatti hänelle juoman ainesosat; erotin luettelosta ainakin rommin, viskin ja tequilan nimet.

Päätään pyörittelevä tarjoilija palasi pian koristeellisella lautasellaan viisi korkeaa, tasalevyistä lasia täynnä vaaleanvihreää nestettä ja värikkäät pillit.

- Hyi helvetti, analysoi Rane juoman makua ensi imaisun jälkeen.

- Onko tässä maitoakin? Mikä se nimi oli? äimisteli Teppokin.

- "Vacavoladora", sanoi Arturo arvaten kysymyksemme. Sekä hänen ilmeikkäästä elekielestään että koko ajan petraantuvalla espanjankielen taidollani päättelin, että nimi tarkoitti suomeksi "lentävää lehmää".

Silloin hyvään vauhtiin päässyt Arturo halusi opettaa suomalaisille vierailleen, kuinka Meksikossa nostettiin maljaa. Hän kehotti toistamaan perässään:

- Arriba! ja nosti lasinsa ylös.

- Arriba, toistimme ja nostimme lasimme mekin.

- Abajo! jatkoi Arturo ja vei lasinsa suoraan alaspäin, lähelle pöytää. Teimme samoin.

- A un lado! sanoi Arturo seuraavaksi, vieden lasinsa rintakehänsä editse vasemmalle. Imitoimme perässä.

- Al otro! kuului seuraava komento ja lasi Arturon kädessä siirtyi vaakasuoraan hänen oikealle puolelleen.

- Al otro, toistimme mekin liikkeen.

- Al centro! mekasti Arturo ja ojensi lasikätensä suoraan eteenpäin. Toistimme ja tottelimme miettien, milloin leikki mahtaisi päättyä.

- Y pa dentro! huudahti opettajamme ja lennäytti lehmän lasistaan kurkkuunsa.

Ilahtuneina lorun lopusta kumosimme mekin maitopohjaiset myrkyt kitusiimme. Neljän-viiden alkoholijuoman yhdistelmä kutitteli kurkkua mennessään, ja mieli teki tosiaan lähteä lentoon.

Oppimamme hokema vaikutti sen verran hauskalta, että päätimme harjoitella sitä vielä muutamalla tequilashotilla. Maidon juonti sai puolestamme jäädä Suomeen ja lounaspöytiin.

KAKSIKYMMENTÄKUUSI

Edellisiltainen lehmä laskeutui lennoltaan verraten töyssyisästi ja Cubakin kolkutteli pään sisältä vapauteen varsin ponnekkaasti, joten aamupäiväksi sovittu auringonottohetki painui tukevasti iltapäivän puolelle. Krapulan kärsiminen paahtavassa auringossa olikin meille uusi kokemus.

Merivedessä kelluminen ja pyyhkeen päällä hiekalla makoilu helpottivat olomme iltaan mennessä liki ennalleen, ja kun Isabel tuli noutamaan meitä klubikierrokselle, olimme valmiita heittäytymään taas pyyteettömästi kulttuuriattasean rooliin. Tällä kertaa esitimme tosin toiveeksi, että panostaisimme enemmän syömis- kuin juomispuoleen. Neiti naurahti ja lupasi järjestävänsä tämänkin asian.

Isabel tuntui olevan Acapulcon rennossa ympäristössä kuin kotonaan, eikä Arturollakaan ollut vaikeuksia sulautua joukkoon. Me muut erotuimme edelleen aika selkeästi muusta väestöstä, mutta vaihtelua toi sentään se, että tällä kertaa pahasti palaneiden naamojemme ja selkiemme takia. Aurinkorasva kun oli suomalaisten lepikoiden kasvateille vähän tuntemattomampi hyödyke.

Isabel lohdutteli, ettei meidän tarvitsisi tänä iltana nojata kipeitä selkiämme tuolinselkämykseen - hän oli kuin olikin onnistunut puhumaan meidät soittamaan eräässä rantabulevardin ravintolassa, ennen illan varsinaista esiintyjää. Olimme siltä istumalta valmiita palkkaamaan Isabelin keikkamyyjäksemme myös Suomessa, moista ripeyttä emme olleet kotimaisilta managereiltamme nähneet.

Nappasimme siis lähtiessämme hotellihuoneesta mukaamme myös soittimemme. Olmeekkipatsaatkin pääsivät jälleen liikkeelle haitarilaukkuni matkassa, tässä vaiheessa emme halunneet niitä enää yksikseen jättää. Huonesiivoojaa emme olleet hotellissamme vielä nähneet, mutta meidän tuurillamme sellainen sinne kuitenkin ilmestyisi hävittämään pölyt, patsaat ja muut asiaankuulumattomat artikkelit. Sitä paitsi kahden ja puolen tuhannen vuoden paikallaanolon jälkeen pieni liikunta ei varmaankaan ollut veistoksille pahitteeksi.

Lähestyvä keikka nosti nopeasti mielialojamme, ja Impalakin vaikutti hirnahtavan iloisesti käynnistyessään. Laskettelimme kevein mielin autollamme kohti rantakatua ja siellä sijaitsevaa La Cucaracha -ravintolaa.

Aavistuksen viilentynyt ilta oli saanut päivän rannalla lojuneen ravintolayleisön elpymään. Iloinen naurunremakka kaikui matalan rakennuksen avoimista ikkuna-aukoista ulos kadulle. Astuimme sisään ja väistelimme valkopaitaisia tarjoilijoita, jotka singahtelivat ketterästi toimittamaan tilauksia pöytiin. Kattotuulettimet humisivat ja olutpullot kilahtelivat, kun pöytäseurueissa nosteltiin maljoja milloin millekin.

Orkesterikoroke löytyi kahden sisälle tuodun palmun välistä, pienillä kaariholveilla ja pylväillä erotellun ravintolatilan laidasta. Iloiset ruokailijaryhmät eivät kiinnittäneet valmisteluihimme huomiota.

Tunnelma muuttui kertaheitolla, kun Arturo kajautti trumpetillaan, kuinkas muutenkaan, "La Cucarachan" alkutahdit ilmoille. Yleisönkosiskelu tuntui toimivan uudenkin mantereen puolella; lähipöytien ihmiset kääntyivät välittömästi meitä kohti, ja alkoivat innoissaan laulaa kappaleen mukana.

Mexico Cityn arkeologisen museon mariachi-keikastamme tuntui olevan jo vuosia, mutta koska aikaa oli kulunut vasta muutamia päiviä, muistimme nopeasti siellä esittämiemme kappaleiden sointukuviot. Arturon trumpetti tulvi yleisön tuntemia melodioita ja välikkeitä, ja Isabelin tunteikas laulu täytti musiikin autenttisuuden vaatimukset. Taustaorkesterin suomalaisuuteen ei juuri kiinnitetty huomiota. Osin tässä auttoivat myös Arturon meille löytämät leveälieriset sombrerot, joiden alle punakat naamamme oli hyvä piilottaa.

Ohjelmistomme päätyi sisältämään myös meille entuudestaan tuntemattomia kappaleita, mutta onneksi yleisön kovaääninen mukana laulaminen peitti pahimmat virheet alleen. Etenkin "La Lloronan" soidessa yleisö kyynelehti kilpaa orkesterin kanssa, vaikkakin osin eri syistä.

Vajaan tunnin esityksen jälkeen estradille astui illan varsinainen orkesteri, "Mariachi Perla de Occidente". Lämmittelykokoonpanomme sai yleisöltä runsaat aplodit, mutta heti ensi tahdeista oli pakko myöntää, että Gustavo Alvarado ja kumppanit olivat tämän tyyppisen taiteen tekemisessä huomattavasti meitä pidemmällä. Onneksi tilaaja vaikutti tyytyväiseltä performanssiimme ja sujautti Isabelin käteen valkean kirjekuoren. Tämä otti palkkion vastaan kuin manageri ikään.

Pakattuamme soittimemme ravintolan edessä odottavaan Impalaan Isabel ehdotti, että menisimme katsomaan vielä La Quebrada -kallion uimahyppääjien yönäytöstä. Yöllä aaltojen korkeuden arviointi oli kuulemma erityisen hankalaa, ja se teki kokemuksesta erityisen jännittävän. Teppo oli välittömästi sitä mieltä, että idea oli hyvä. Isabel näytti iskevän hänelle silmää, ja ainoastaan Tepon auringossa palaneet poskipäät estivät hänen punastumisensa paljastumisen meille muille.

- Okay, vamonos! huudahti Arturo ja käänsi Chevroletinsa keulan kohti yön hämärässä hohtavan kalliojyrkänteen siluettia. Hiukan viilentynyt yöilma virtasi avointen ikkunoiden kautta autoon, kun herkuttelimme ajatuksissamme vielä hetken keikan jälkeisissä tunnelmissa. Arturo väisteli ensin Avenida Costera Miguel Alemanilla ravintolasta toiseen vaihtavia juhlijaseurueita, kääntyi sitten Jose Maria Iglesias -kadulle ja muutaman kadunvälin jälkeen hyppypaikalle vievälle La Quebrada -kadulle. Väkimäärä kadulla väheni nopeasti olemattomaksi, olihan jo yömyöhä.

Isabel kehotti Arturoa pysäyttämään auton kadun päässä sijaitsevalle pienelle pysäköintialueelle. Tasanne, jolta uimahyppääjien oli määrä ponnistaa aaltoihin, oli vajaan 30 metrin päässä. Ketään ei paikalla näkynyt, mutta Isabel viittilöi innostuneen seurueemme silti mukaansa.

- Tuskinpa se on kotikylän uimalaitoksen hyppytornia kummempi, yritti Rane latistaa tunnelmaa, mutta edessämme putoava jyrkänne loi toisenlaisen vaikutelman.

Etenimme miehissä varovasti hyppypaikkana toimivan tasanteen reunalle, Isabelin jäädessä korjaamaan korkokenkiensä asentoa. Alhaalla tyrskyävät aallot kumisivat jyrkänteen seinämistä. Oli helppo kuvitella hyppääjien jännitys heidän arvioidessaan alhaalla odottavan merenpinnan sopivaa korkeutta hyppynsä ajoittamiseksi. Ja nyt oli vieläpä pimeää.

- Huhhuh. Enpä haluaisi olla hyppääjien uimahousuissa, totesin. - Missähän he muuten ovat?

- Okay, señores. Your turn to jump, kuului takaamme Isabelin äänellä lausuttu vastaus kysymykseeni.

Käännyimme naureskellen katsomaan Isabelia, mutta hymymme hyytyivät nopeasti. Neiti tähtäsi meitä pistoolilla, eikä hänen kasvoillaan näkynyt minkäänlaista hymynkaretta.

- Sorry, guys, Isabel sanoi, mutta hänen äänestään oli vaikea havaita minkäänlaista merkkiä pahoillaan olemisesta. Ehkä kommentti kuului vain hyviin meksikolaisiin käytöstapoihin.

- I don't want to shoot you, hän jatkoi sävyllä, joka kertoi selvästi, ettei hänelle tuottaisi mitään ongelmaa painaa liipasimesta, jollemme tottelisi.

- Tänään on loppuelämäni ensimmäinen päivä, ennakoi Rane Junnu Vainion tulevaa menestyshittiä Isabelin pistoolin suuhun tuijottaen. - Tai sitten viimeinen.

Emme olleet kukaan erityisen iloissamme tapahtumien saamasta käänteestä, mutta yllättävä episodi oli selvästi pahiten murskannut meistä Tepon maailmankuvan. Hän tuijotti ihastustaan kauhusta jäykkänä, saamatta sanaakaan suustaan.

Arturo terästäytyi meistä ensimmäisenä.

- Que demonios haces? hän huusi Isabelille. Tämä osoitti sormellaan autossa olevaa haitarilaukkuani, jossa pienoispatsaat piilottelivat.

- Tengo lo que necesito. Los Estados Unidos me van a pagar muy bién. Gracias a ustedes.

Isabel ei enää vaivautunut kääntämään puheitaan englanniksi, mutta minulle oli jo valjennut hänen vetämänsä kaksoisagenttirooli. Hölmöt suomalaiset tanssimuusikot olivat saaneet toimia hänen työrukkasinaan patsaiden varastamisessa, toteuttamalla vieläpä Meksikon hallituksen itse hyväksymän suunnitelman. Nyt Isabelin oli vain toimitettava muinaisjäännökset yhdysvaltalaiselle tilaajalleen, ja hän voisi viettää lopun elämänsä rikasta rantaelämää - ehkä kuitenkin jossakin muualla kuin Meksikossa.

Isabelin vaikuttimet eivät minulle vielä täysin auenneet, mutta yksi asia oli varma; hänen mielestään nyt oli tullut aika ripustaa työrukkaset naulaan. La Quebradan aaltoihin ulkomaalaistyövoima katoaisi varsin huomaamattomasti.

Isabel oli varmasti kuvannut Arturon roolinkin tälle hiukan toisenlaiseksi, ja tämä tajusi nyt, että työvelvoite loppuisi tänä iltana myös autokuskilta. Silmät leimuten ja kaameasti karjaisten hän ponkaisi paikaltaan kohti Isabelia.

Isabelin aseen piippu kääntyi nopeasti kohti vauhdilla lähestyvää mariachitrumpetistia, ja pieni suuliekin välähdys edelsi saman tien jyrkänteen reunoista kimpoilevaa pamahdusta. Arturon loikka katkesi luodin iskeytyessä hänen lonkkaansa ja karjaisu vaihtui viiltävään kiljaisuun. Isabel otti askeleen sivuun väistääkseen päälleen kaatuvaa Arturoa ja kääntyi seuraamaan tämän kaatumista. Samassa erotin silmäkulmassani liikettä. Pimeästä ilmestynyt käsi tarrautui Isabelin asetta pitävään käteen ja toinen tämän vyötäisille. Neito yritti riuhtoa itsensä irti otteesta, mutta maaniset voimat saanut hahmo kiristi painiotettaan ja kiskoi Isabelia kohti jyrkänteen reunaa.

- Teppo! älähti Rane silmät pyöreinä ja väisti tempoilevaa pariskuntaa makaaberissa tanssissaan. Isabel repi ja raapi itseään irti, mutta kitaristimme päättäväiset sormet vetivät paria vastustamattomasti kohti kielekkeen reunaa - ja sen yli.

Loiskahdusta ei edes kuulunut, sen verran kova oli Tyynenmeren aaltojen pauhu jyrkänteen muodostamassa, pimeässä onkalossa. Minulle oli kuitenkin heti koko lailla selvä, ettei kaksikko ollut voinut selvitä pudotuksesta hengissä. Samoin kuin se, että oma eloonjäämisemme oli puhtaasti Tepon ansiota.

Olin toki huomannut hiljaisen kitaristimme ihastumisen Isabeliin, mutta kuvitellut sitä jotenkin alakoulumaiseksi. En olisi mitenkään arvannut neidin kaksinaamaisuuden paljastumisen iskevän häneen tuolla vimmalla. Saati kanavoituvan näin dramaattiseen loppuratkaisuun. Perhanan peräkammarin poika, minkä teit, mietin liikuttuneena.

Arturon valitus katkaisi ajatukseni. Ryntäsimme Ranen kanssa Arturon luokse. Reiden ulkoreunasta tuli runsaasti verta, ja sidoin autossa olleen uimapyyhkeen tyrehdyttämään verenvuotoa parhaani mukaan.

- Osuma ei onneksi näytä kovin pahalta, sanoin tyynnytelläkseni yhtä paljon uhria kuin itseäni.

- Niin, kyllähän sä sen osaat sanoa, olethan koulutusta vaille valmis lääkäri, kuittasi Rane tyylilleen uskollisena, vaikkakin selvästi tapahtuneesta yhtä järkyttyneenä kuin itse.

- Auta, nostetaan Arturo autoon ja ajetaan lentokentälle. Siellä luulisi olevan lääkintähenkilökuntaa.

- Entäs...Teppo? Rane nielaisi.

Olimme hetken hiljaa. Sitten tunsin kädessäni lämpimän veren alkavan tihkua kosteuttamansa pyyhkeen läpi ja kiersin vapaan käteni Arturon kainaloiden alitse hänen ympäri.

- Auta nyt vaan, sanoin Ranelle.

Raahasimme Arturon ajoneuvonsa takapenkille, jonne itsekin jäin puristamaan haavaa pyyhkeellä. Rane kiersi auton ja asettui kuskin paikalle. Avain oli onneksi valmiina virtalukossa.

- Nyt saa varmaan ajaa lujaa, Rane totesi koto-Suomen keikkabussiimme viitaten ja antoi kumin palaa.

Yöllinen Acapulco oli onneksi hiljentynyt ja Rane sai sompailla Impalaa läpi kaupungin ilman pelkoa jalankulkijoiden yli ajamisesta. Auton suhteeton leveys matkan alkupään katuihin verrattuna sai aikaan muutamiakin lisäkolhuja ennestäänkin lommoiseen ulkokuoreen, mutta ei se eikä edes kallioilla aiemmin kajahtanut laukaus ollut herättänyt sen kummempaa huomiota lähiympäristössä. Meksikossa oltiin joko huonokuuloisia tai sitten tottuneita hyvinkin erilaisiin yöllisiin ääniin.

Keskustasta päästyämme kadut levenivät, ja Aeropuerto-kyltit opastivat meidät nopeasti lentokentälle vievälle tielle. Arturo oli menettänyt runsaan verimäärän lisäksi myös tajuntansa, mutta hengitti sentään yhä.

Lentokentälle ei ollut onneksi pitkä matka, ja kansainvälinen ristinmuotoinen symboli osoitti meille nopeasti, mistä päin saattaisimme löytää oikeita lääkintäalan ammattilaisia. Kurvasimme pienen toimistorakennuksen eteen, jossa pari ensihoitajaa sopivasti istui taukoa pitämässä. He olivat ilmeisesti ennenkin nähneet verta ja ampumahaavoja, koska sen kummempia kyselemättä ottivat potilaan ripeästi paareille ja sisään lentokenttäsairaalan virkaa toimittavaan parakkiin.

Katselimme Ranen kanssa toisiamme neuvottomina. Kitaristimme oli juuri soittanut viimeisen soolonsa ja pelastanut sillä oman uramme. Olimme kuitenkin yhä Acapulcossa tietämättä, mitä tehdä ja kehen enää edes luottaa. Ainoa tuntemamme paikallinen henkilö oli paraikaa puoskaroitavana ampumahaavan johdosta.

- Tämä keikkarundi on ollut kyllä harvinaisen mielipuolinen, koki Rane vihdoin tarpeelliseksi analysoida viime päivien tapahtumia.

- Niin, tästä ei enää puutu kuin, että tuolta asemarakennuksesta astelisi joku ja sanoisi selvällä suomen kielellä, että...

- Hyvää iltaa! Te lienette herrat Lahdenmäki ja...

- Sano Raneksi vaan, mutisi Rane tuijottaen hämmästyneenä viereemme ilmestynyttä, koppalakkista kaveria, joka tarjosi meille hymyillen kouraansa käteltäväksi.

- Hienoa. Olen Räisänen. Viljo Räisänen. Toimin lentokapteeninanne tämäniltaisella lennollanne Acapulcosta Helsinkiin. Kuulin, että täällä lentokenttäsairaalassa on mies paikattavana, ei kai ole yhtyeenne jäseniä?

- Ei...ainakaan alkuperäisiä. Arturo on Meksikosta, on toiminut isäntänämme täällä, emmekä hänestä kauheasti muuta tiedäkään. Tämä on hänen autonsa.

- No Meksikon viranomaiset saavat huolehtia hänestä. Ottakaapa nyt matkatavaranne ja seuratkaa perässäni noille halleille. Lentokyyti on tällä kertaa hiukan lomalennoista poikkeava, mikäli sellaisilla olette käyneet.

Tottelimme kehotusta. Kävellessämme kielsimme Räisäselle koskaan lomalennoilla käyneemme. Räisänen piti tätä hyvänä asiana; emme sitten pettyisi, kun Puolustusvoimain tätä tehtävää varten määräämän konetyypin tarjoilut eivät olisi aivan Keihäs-matkojen tasoa. Melutason koneessa Räisänen kuitenkin vakuutteli olevan lomalentojen tasoa, joskin äänilähteiden liittyvän enemmänkin koneen rakenteisiin kuin humalaisiin matkustajiin.

Lentokonehangaariin pysäköity kone oli 6-paikkaiseksi muokattu Cessna 402, ja Suomen Puolustusvoimille kuuluvana sangen askeettisesti kalustettu. Totesimme koneen melko pieneksi Helsinkiin lentämistä ajatellen, mutta Viljo kertoi tottuneensa lukuisiin välilaskuihin jo matkoillaan Teneriffalle, jonne hän oli ensimmäisenä suomalaislentäjänä 60-luvulla suunnistanut. Matka oli tuolloin kestänyt useita päiviä.

- Tämän lennokin huippunopeus on vajaat 400km/h ja matkaa meillä on linnuntietä noin 10.000 kilometriä. Siitä voi sitten ajan kulukseen laskeskella, paljonko aikaa kuluu. Itse sen kyllä jo tiedän, koska juuri tein tuon saman retken, mutta päinvastaiseen suuntaan. Räisänen napsutteli puhuessaan tottuneesti erilaisia katkaisimia edessään kojetaulussa ja päänsä yläpuolella, ja pian kone mörähti käyntiin.

- Olet siis Puolustusvoimilla töissä? tiedustelin Viljolta nopeasti lisääntyvän melun läpi.

- En suinkaan. Liikennelentäjänä Finnairilla, mutta Teneriffan-matkoilla hankkimani espanjankielen taidon vuoksi halusivat Ulkoministeriöstä minut tähän tehtävään. Lisäksi tunnen melko hyvin siellä työskentelevän neiti Näpsän, jos lempinimi sanoo teille jotain.

Pedantin ja hymyttömän lähetystösihteerin nimen kuuleminen tuntui tässä vaiheessa erittäin tervetulleelta ja Cessnan rullatessa ulos hangaarista olimme jo varmoja siitä, että asiat tulisivat järjestymään, tavalla tai toisella.

- Odotatteko vielä lisämatkustajia? Räisänen kysyi moottorimelun yli. Tutunoloinen musta jenkkimaasturi tummennettuine laseineen yritti juuri kurvata koneemme eteen. Sen renkaita en erottanut, mutta oletin niiden olevan kohtalaisen uudet.

- Ei, huusin, ja Räisänen onnistui väistämään auton kiilausyrityksen. Näin Cessnan sivuikkunasta, kuinka auto jarrutti, ja sen sivuovi lennähti auki. Räisänen lisäsi koneen nopeutta ja sitä myöden sen etäisyyttä autosta samalla, kun takaviistosta näkyi aseen piipun suuliekki. Takaa-ajajamme yritti pysäyttää matkamme käsiaseella.

Ranen kanssa kumarruimme penkeissämme vaistomaisesti niin syvään kuin rakenteet antoivat myöden. Kaikesta päätelleen laukaukset viuhuivat vahinkoa aiheuttamatta ohitsemme. Piinallisen hitaalta tuntuneen rullausjakson päätteeksi Räisäsen onnistui ohjata meidät kiitoradalle. Kääntyessämme kohti noususuuntaa näin takaa-ajajien auton lähteneen uudelleen liikkeelle ja ajavan meitä kohti kaasu pohjassa. Emme jääneet odottamaan lennonjohdon mahdollisia ohjeita, vaan lisäsimme moottorin kierroksia nousua varten vauhdissa. Radan valotolpat vilahtelivat sivuillamme, kun Räisänen nosti nopeutta. Cessna nitkahteli tavallista rajumman kiihdytyksen kourissa, mutta viimein sen pyörät irtosivat maasta.

Acapulcon valot jäivät pian kauas allemme, eikä mikään viitannut siihen, että jäähyväisiin ilmestyneiden vieraidemme luodit olisivat osuneet koneeseemme.

Tarkistin vielä, että patsaat olivat matkassamme. Sitten suljin silmät ja liityin jo kuorsaavan Ranen matkaan höyhensaarille.

KAKSIKYMMENTÄSEITSEMÄN

- Hyvää iltapäivää, hyvät matkustajat.

Lentokapteenimme Viljon ääni räsähteli tajuntaani metallisena, katkaisten unessa suossa juoksemani pakomatkan heti alkuunsa. Kuluneet kaksi viikkoa oikeassa elämässä olivat olleet aivan tarpeeksi täynnä jännitystä, ja olisin mieluummin nukuksissa ollessani katsellut jotakin muuta kuin painajaisia. Sysmäläinen herätyspuhe oli siis tähän paikkaan varsin tervetullut.

- Aloitamme pikkuhiljaa laskeutumisvalmistelut, joten herrat kansallissankarit voisivat kiinnitellä turvavöitään.

Jätin lentäjän lausumat tituleeraukset omaan arvoonsa ja aloin tehdä työtä käskettyä, ties monennenko kerran matkan aikana. Kohottauduin tuolillani istuvampaan asentoon, lukitsin istuinvyön salvan ja vilkaisin ympärilleni. Rane hieroi naamaansa normaalin yrmeänä itsenään ja tuijotteli vaitonaisena Cessnan ikkunasta avautuvia maisemia.

Käännyin katsomaan ulos oman puoleni ikkunasta. Päivä oli hiukan harmaa, ja alitimme juuri matalalla roikkuvan pilviryhmän alatason. Esiin ilmentyneen maiseman metsätyyppi oli tutunomaista sekametsää, ja siellä täällä sen seassa vilahtelevat kerrostalot edustivat myös varsin tutunomaista betoniarkkitehtuuria. Ylitimme henkilö- ja kuorma-autoja vilisevän, nelikaistaisen valtatien ja moottoritien yhdistävän risteyskompleksin.

- Olemme Tattariharjun päällä. Malmin lentokenttä on tuossa edessämme. Lennonjohdolta tuli hetki sitten käsky laskeutua sinne. Se on kuulemma Seutulaa huomaamattomampi vaihtoehto, selitti Viljo luuriensa kautta meille matkustamoon.

Vilkaisimme Ranen kanssa valpastuneina toisiimme. Olimme siis vihdoin koto-Suomessa, ja loputtomalta tuntuva lentomatka todennäköisesti enää kuin pitkäksi venähtänyt ravintolailta - viimeistä laskua vaille valmis.

- Omasta puolestani puolustusvoimille voisi kyllä antaa isompia määrärahoja, niin saisivat ostettua isompia koneita. Oli varmaan kymmenen välilaskua, mutisi Rane.

Istuintaskusta löytyneen lomakkeen perusteella Cessna 402:n maksimilentomatka oli 1750km, joten Viljon oli tosiaan täytynyt pomppia kiveltä toiselle saadakseen lastinsa rapakon yli. Nousuja ja laskuja oli kertynyt yhdellä matkalla useampia kuin tyypillisen humppamuusikon urakäyrään mahtui. Suuri osa tankkauspisteistämme oli ollut pieniä lentokenttiä ja välilaskut niille tapahtuneet lähinnä yöaikaan, jolloin lentoasemien nimikylteistä ei ollut juuri saanut selvää.

Seurueemme ei ollut, kumma kyllä, kiinnostanut paikallisia viranomaisia juuri missään. Ehkä se liittyi koneemme omistajaan. Ainoastaan kerran oli pari koppalakkista, hymytöntä tyyppiä käynyt koneemme ovella ja valaissut väsyneitä olemuksiamme taskulampuilla. Huumori- ja kielimiehenä lentokapteenimme oli heittänyt kaksikolle muutaman lauseen käsittämättömällä mongerruksella, jonka hän myöhemmin kertoi olleen islantia, ja hetkeksi virkailijoidenkin pokka oli pettänyt. Tankkauslupa kitukasvuisen puuston ympäröimällä, yksinäisellä kiitotiellä oli järjestynyt ongelmitta.

Vaikka Viljo oli matkalla kertonut lentävänsä Finnairilla yleensä hiukan isompia matkustajakoneita, sujui tämän kahdeksanpaikkaisenkin koneen laskeminen Malmin kiitoradalle häneltä tottuneesti. Asvaltissa oli joitakin kupruja, mutta olimme matkan varrella vierailleet myös kentillä, joissa piti arvailla, olimmeko kiitoradalla vai perunapellolla, joten väylä tuntui sileältä kuin tangolaulajan Bylcremillä valeltu tukka.

Puolivälissä kiitorataa nopeutemme oli jo laskenut niin matalaksi, että Viljo pääsi kääntämään koneemme rullaamaan suorinta tietä päärakennuksen ja parin siellä odottelevan, virallisen oloisen mustan auton eteen.

- Onneksi ei oltu isommalla koneella liikkeellä, Malmin maaperä ei välttämättä kestä DC-luokan koneiden painoja, Viljo totesi sammutellessaan koneen moottoreita. Tieto toi hiukan lohtua lähes kolmenkymmenen koko lailla paikallaan istutun lentotunnin jälkeen.

Paksuja ja epämuodikkaita kuulosuojaimia korvillaan ja ilmeisesti sen vuoksi muodikkaita Ray-Banin Aviator-aurinkolaseja silmillään pitävä kenttähenkilökunnan edustaja auttoi kangistuneet olemuksemme ja vähäiset matkatavaramme käsillään ulos koneesta. Rane oikoi maahan päästyään sormiensa lisäksi muita jäseniään niin, että rusahtelu kuului varmasti kuulokkeidenkin läpi. Sitten hän tokaisi jotakin siihen suuntaa, että "ei ikinä enää". Itse muistin nähneeni televisiossa paavin suudelleen lentokentän asvalttia vierailuillaan muihin maihin, ja täytyy myöntää, että ymmärsin kaveria nyt aivan eri lailla.

Toisen mustan auton edessä seissyt tyyppi tumppasi tupakkansa kentän asvalttiin ja käveli kiiltonahkakengissään luoksemme.

- Lahtinen, autonkuljettaja. Nouskaapa kyytiin, presidentti odottaa.

KAKSIKYMMENTÄKAHDEKSAN

Presidentti Kekkosen urheilutausta näkyi suurmiehen olemuksessa yhä, vaikka korkeushypyn Kalevan kisojen voittoajoista oli jo yli viisikymmentä vuotta. Jopa aina kyyninen Rane yritti kehittää olemukseensa jonkinlaista ryhtiä, kun Kekkonen puristi hänen kättään.

- Tervetuloa Suomeen, arvon muusikot, totesi presidentti. - Toivottavasti kyyti puolustusvoimain henkilökuljetuskalustolla oli kelvollista.

Tämä ei selvästikään ollut paikka asiakaspalautteen ja kehitysehdotusten keräämiselle, joten tyydyimme vain vienosti nyökkäilemään Kekkoselle myöntävästi.

- Esiintymismatkanne Latinalaiseen Amerikkaan oli kuulemani mukaan hiukan tavallisuudesta poikkeava, Kekkonen sanoi ja vilkaisi lähetystöneuvos Kuappiseen, joko oli ilmeisesti jo aiemmin saapunut presidentin virka-asuntoon ja antanut oman selostuksensa tapahtumien taustoista. Kuappisen niska punoitti, joten oletin, että hänkään ei ollut varma seikkailumme vaikutuksista hänen urakehitykseensä.

- Ensiksikin, osanottoni menetyksenne johdosta.

Nyökkäsimme presidentille kevyesti. Huomasin ajattelevani, että Teppo oli selvästi tehnyt viimeiseksi teokseen jotakin erittäin oikein, koskapa itse tasavallan presidentti hänen poismenoaan pahoitteli.

- Toiseksi, siitäkään mitään tietämättä Argentiinan konsulaatista on tullut useita kiukkuisia kysymyksiä vienninedistämisseurueenne viiveisiin liittyen.

Nyt oma paidankaulukseni alkoi tuntua hyvin ahdistavalta. Emmehän todellekaan olleet missään vaiheessa olleet yhteydessä argentiinalaisiin vastaanottajiimme matkasuunnitelmamme saamista käänteistä. Ranekin lyhistyi silmissä entiseen mittaansa.

- Herra presidentti... takeltelin, mutta Kekkonen keskeytti selitysyritykseni alkuunsa.

- No niin, lepo vaan, puolustusvoimain ylipäällikkö hymähti. - On teillä ollut melkoinen seikkailu, ja hienoa, että se näyttää päättyneen nyt, jos voisi sanoa, kutakuinkin onnellisesti. Näyttäkääpäs niitä patsaita.

Takanamme seissyt adjutantti koppasi haitarilaukkuni lattialta ja nosti sen pöydälle. Valkoisin hansikkain verhotut sormet napsauttivat laukun lukot auki ja nostivat soittimeni varovasti lattialle. Sen jälkeen adjutantti sujautti kätensä laukun sisäkankaan alle ja poimi piilossa olleet, vajaan 20 cm korkeat figuurit yksi kerrallaan pöydälle presidentin nähtäville.

- Jopas, jopas, mutisi Kekkonen. - Erittäin hienoa työtä ovat olmeekit tehneet. Kolme jadeiitista valmistettua ja yksi serpentiinistä, ymmärtääkseni. Tiesittekö, että serpentiiniä löytyy myös aika läheltä synnyinseutujani, Koillis-Savosta?

Kekkosen yleistietämys oli varmasti useita kertaluokkia laajempi kuin meidän kahden muusikon yhteensä, joten tyydyimme vain puistelemaan typerän näköisinä päitämme. Hetken hahmoja ihailtuaan Kekkonen terästäytyi.

- Nuoret miehet. Olette, ehkä tahattomasti, tulleet tehneeksi Meksikon valtiolle suuren palveluksen kuljettamalla nämä muinaishistoriallisesti arvokkaat veistokset pois Pohjois-Amerikan mantereelta. Yhdysvaltain valtiollisia tarkoitusperiäkin ajavan museoinstituution oli nimittäin aikomus viedä loputkin Ofrenda 4 -nimellä kulkevasta veistoskokonaisuudesta kokoelmiinsa ja käyttää sen palauttamista neuvotteluaseenaan taistelussa Meksikonlahden valtaisien öljyesiintymien omistusoikeuksista.

Vilkaisimme Ranen kanssa toisiamme. Ei ollut juolahtanut pieniin mieliimmekään, että nämä lähinnä Vaahteramäen Eemelin puu-ukkoja muistuttavat hahmot voisivat näytellä merkittävää osaa energialähteiden hallintaan perustuvissa, valtioiden välisissä valtapeleissä.

- Ilmankos tuntui, että meillä oli jatkuvasti joku perässämme, eikä pelkästään nimikirjoituksia metsästämässä, puin ajatuksemme sanoiksi.

- Niin, naurahti Kekkonen. - Hienoa työtä tulitte tehneeksi, ja onneksi te kaksi, kuten oletettavasti myös se Saarikoski, olette edelleen hengissä. Mutta valitettavasti se ei edelleenkään tarkoita, että pääsisitte jakelemaan sen johdosta nimikirjoituksianne.

- Ei sillä, että se nyt olisi ollut tavoitteenakaan, mutta mitä mahdatte tarkoittaa? kysyin.

- Meksikon ja Yhdysvaltain välit ovat hiukan arkaluontoisessa vaiheessa, ja tällaisia episodeja ei haluta päästää päivänvaloon. Olen tästä keskustellut puhelimitse Meksikon presidentin kanssa viimeksi tänään.

Kekkonen piti pienen tauon ja katsahti meihin todetakseen, että olimme ymmärtäneet asian vakavuuden.

- Niinpä teidän on valitettavasti luvattava, ettette kerro näistä tapahtumista kenellekään ainakaan kolmeenkymmeneen vuoteen.

Meille ei tullut mieleen alkaa kauheasti väittämään presidentille vastaankaan. Katsoimme siis hiljaa, kun adjutantti loihti figuurien viereen pöydälle neljä kappaletta salassapitosopimuksia. Valkoinen hansikaskäsi ojensi minulle koristeellisen mustekynän ja näytti dokumentista paikan, johon raapustin nimikirjoitukseni. Rane teki perässäni samoin. Myös Kuappinen joutui vannomaan saman valan, mutta tulkitsi seremonian sinetöivän hänelle samalla jatkopestin Ulkoministeriössä, eikä kysellyt sen enempää.

- Oikein hyvä. Itselleni tullaan tästä Meksikon kansan hyväksi tekemästäni teosta myöntämään Meksikon Atsteekkien Kotkan ritarikunnan suurristi, mutta niin ikään en minäkään voi paljastaa kenellekään sen saamiseen johtanutta tapahtumaketjua.

- Herra presidentti, voisin kuvitella, että tällaisten kaukaisempien maiden huomionosoitusten suhteen saattaa käydä niin, että esimerkiksi niiden luovuttamisvuodet kirjataan aikakirjoihin virheellisesti. Huolimatontahan sellainen olisi, mutta saattaisi osaltaan auttaa asioiden salassa pysymistä, sanoi puhekykynsä takaisin saanut lähetystöneuvos.

Kekkonen nyökkäsi ehdotukselle hyväksyvästi ja kääntyi sitten puoleemme.

- Suokaa anteeksi, odotan venäläisiä ministerivieraita saapuviksi näillä hetkillä. Kiitän siis vielä kerran ja toivotan menestystä muusikon urillenne.

Kättelimme presidentin ja käännyimme lähteäksemme huoneesta adjutantin käden osoittamaan suuntaan. Silloin Kekkonen vielä lisäsi:

- Saattaa muuten olla, että kutsu ensi joulukuun linnanjuhlaorkesteriin on juuri lähetetty teille.